マヌサーリー

ミンティンカ
高橋ゆり訳

てらいんく

姉君マヌサーリーについて

私は三十になる前からマヌサーリーを知っていた。

マヌサーリーの知恵、知識は素晴らしいと思い、その知性の冴えを尊敬した。

だが、マヌサーリーはあまりにも私を苦しめた。彼女のせいで私は大変な苦労を強いられ、あげくの果ては家にもいられず、路上に暮らす身となった。

長い年月が過ぎ去り、私はマヌサーリーのことを忘れていた。すると、マヌサーリーがまた私を手招きしたのだった。そのときの私はうかつにもまた彼女に畏敬《いけい》の念を抱き、ただただ魅了されてしまった。そして、マヌサーリーはまたしても私をつらい目に遭わせたのだった。予告もなしにうち捨てられ、私は独り傷心のまま残された。

今再びマヌサーリーはこの上なく美しい瞳《ひとみ》で私を見つめてきた。たおやかな指で私を手招きした。マヌサーリーは私が敬愛する大切な姉君である。どうすればよいのか。私にはもうマヌサーリーにかかわることは、何も行うつもりはない。

しかし、マヌサーリーは尊敬すべき、慈しむべき存在である。

そのためここに迷いながらこの前書きを記す。


生きとし生けるもの、その運命に依《よ》りながら

ミンテインカ

大いなる苦しみをそのあがないとして
この手で誘《いざな》ってまいりました。
どうか愛するアティトラー様のおそばにお遣わしくださいませ。

マヌサーリー

知性あふれる女性たちに

目次

＊　国名・地名について

この作品が出版された国は、わが国では「ビルマ」、近年は「ミャンマー」とも呼ばれている。これは一九八九年、この国の現軍事政権が対外（英語）名称には従来のBurmaに代わり、ミャンマー語での国内名称Myanmarを兼ねて使うと宣言し、それによって「ミャンマー」という日本語が生まれたことによる。

本書では「ミャンマー」が一般的に使用されるようになってきた現状に鑑《かんが》み、「ミャンマー」を優先して使用している。「ミャンマー人」「ミャンマー語」という訳語も同様の理由による。ただし、すでに「ビルマ」で訳語が定まっているような場合、たとえば「ビルマ王朝」「英領ビルマ」などはそれをそのまま使用した。また、ミャンマーの最大多数民族を他の少数諸民族と区別して記す必要がある場合は「ビルマ族」としている。

従来、対外名称で知られていた一部の地名「ラングーン」や「モールメイン」などについても、本書ではかなり普及してきた本来の名称「ヤンゴン」「モーラミャイン」のほうを使っている。

（訳者）

その一
ヤダナーギーリ[*1]に行った宮廷工芸家の贈り物
または必要上書かれた筆者の前置き

収入もまずまず、大いに面白みも感じていた米の買い付けの仕事をやむをえない事情から辞めた後、私はヤンゴン市マウーゴン地区[*2]にある安マンションの一室を借り、忠実な弟分「ちびのワインマウン」と一緒にのんべんだらりと日を送っていた。

一年ばかりも無職の暮らしを続けると、仕事がないための退屈という苦しみにそれ以上耐えきれなくなり、しまいにある友人の助言で、珍しい物や絵だの彫刻だのを売る骨董品《こっとうひん》屋を開業した。

売り買いとよく簡単にひっくるめて言われるけれども、実際のところ販売と仕入れの技術は別ものである。私自身同じことだと思っていたが、開業して間もなくこれは同じように見えて大違いなのだと悟った。

私の耳と口は、私が買い手の身だったときはすかさず反応できたものだが、売り手になった日にはほとんど用をなさなかった。

私の目も、各地の海千山千の米の仲買人を値踏みするには大活躍したけれど、私自身が売り手になると、買う気のある客かどうかも見分けられないほどの無能ぶりだった。

それで開業したばかりの数か月間というもの、商いはどうにもかんばしくなかった。しかし、私と親しいユダヤ人の大ブローカー、ジオン氏が教えてくれたおかげで、私の目、耳、口はお客をつかんだらそう簡単には離さない芸当ができるようになってきた。

私の「賢弟」ワインマウンは、私が米の買い付け人として各地を渡り歩いていたときはそこに使いでがあったものの、骨董品《こっとうひん》屋の稼業では何一つ役に立たなかった。

彼にできることと言えば、箒《ほうき》で床を掃くこと、紅茶を買ってきたり、月決め*3の食堂から手提げ容器入りの仕出し弁当を運んできたりといった雑用。あとはトウライッとトウハウンという疥癬《かいせん》の出た二匹の飼い犬に餌《えさ》をやり、よその犬とけんかとなればわが家の犬に加勢して、外から来た犬を棒きれで撃退する、といったふがいないことを除き、店にとっては何のためにもならなかった。

せめてもと言いつけた、郵便局に届く私宛の小包みを受け取ってくる仕事も任せられない、どうしようもないていたらくだった。

開業して数か月の間は先に言ったように売り上げも思わしくなく、手伝ってくれる者もなしに店をやっていかねばならなかったこと、また私にとっては興味のある仕事でもなかったので骨董品屋稼業にひどく嫌気がさしたものだが、後にはこの仕事が面白くてたまらなくなってきた。

　私がこの稼業に入れこむようになってきた事情を読者諸氏にわかっていただけるよう、骨董《こっとう》品《ひん》屋の実態をご紹介しよう。

　骨董品屋なるものを世界で最初に始めたのはユダヤ人である。ユダヤ人という民族は、手元にあるどんな物でも価値をつけて売りに出す、という前提でものを考えている民族である。どんなに役に立たない物もユダヤ人の手にかかると、買い手にとってはほしくてたまらない、大金を出しても惜しくない物になってしまう。何とも物を売る技に長《た》けた商人民族である。それでユダヤ人たちが手持ちの壊れた壺《つぼ》だのコップだの、古びた皿や机やいすを持ち出して店を開き、売りさばいたことからこの世に骨董品屋が誕生したのである。

　骨董品屋一軒、手堅くやっていくために商品を探してくる仕事は決して楽なものではない。断片的な情報、わずかな手がかりを頼りに探し求めて買いつけるあたり、獲物を追う狩人、逃走中の悪漢を追う探偵にも大いに通じるところがあった。これは私にとってもよい気晴らしとなり、ちょっと痛快な気分も味わえた。

　読者諸氏にもっと骨董品屋稼業の醍醐《だいご》味《み》を感じていただけるよう、私自身が探し出してきた数々の珍品の中から、あるささやかな品物についてお話ししよう。

　ティーボー王が捕囚の身となられたとき、王とともにヘイマン、ワタン、ギフマン、ヌエウーというう ら若い女官たちも囚《とらわ》れていった。ヤダナーギーリの幽閉生活での女官たちと王、それに王妃テイッ・スーパヤーレイの関係は、どうにもぎくしゃくしたものだった。

女官たちが、王位はとうに廃位になったのに、王妃は高圧的すぎると不満をもらした。王妃もまた、主君が不遇な身にあるとき、僕たちが不埒《ふらち》な態度をとるとは何事かとご立腹された。

女官たちの不満をさらにつのらせる事件が起こった。

それというのも、ティーボー王とともにこの地に捕えられてきた銅器工芸官*4が、主君におそれ多いことをして、と女官をひとりずつ呼び出し、髪をひっつかんだうえ、ひじ打ちをしてお仕置きをしたのだった。

女官たちも工芸官のこのあまりの仕打ちに抗議の意を表して、それからまるまる一週間仕事を放棄した。そのためティーボー王は工芸官に、女官たちが機嫌を直すようとりなすべしと命じられた。

それで工芸官は金と銅の合金で小さな壺《つぼ》を四つこしらえて女官たちにやり、その機嫌を直すよう努めた。その小壺はマルメロの実ほどの大きさで、花模様のレリーフに覆われ、たいそう美しかったそうな。

小壺をもらった女官たちが、髪をつかんでひじ打ちを食らわした工芸官をすぐさま許し、すねるのをやめたところを見ると、この小壺がどんなに見事な出来映えだったか想像がつく。

「このように花模様が入ると壺がさらにきれいに見えるじゃろう。壺を美しくするため壺作りは打ち棒で壺をたたくのじゃよ。鍛えれば鍛えるほど壺はさらに美しくなっていくのじゃ」

「壺《つぼ》が傷み、ひび入り、割れてしまうように、との気持ちで自分の壺をたたく職人などいない。皆、壺が美しく、立派になるようにとたたくのじゃ。若女官たちよ」

工芸官がキンマ[*5]をかみつつ、贈り物についてこう訥々《とつとつ》と語ると女官たちはいっそう満足した。そして、王様・王妃様と並んで工芸官にも敬意を表するようになった、と私は聞いてきた。

私だけではなく、読者諸氏もこの逸話については聞いたことがあるかもしれない。しかし、工芸官からの贈り物である小壺を見た者はさぞかし少ないことだろう。私自身、読者の中にこの壺を見た者ははたしているだろうかと思っている。

世にも希《まれ》なるその金銅合金の小壺のひとつを、かつて私は自分の店の商品にしようと探し出してきた。そしてそれは店のガラス・ケースの中に収まっていた。ケンブリッジ大学の東洋史の教授がミャンマーへ来るたびに、その小壺目当てに私の店へ四回も通ってきたものだ。

その際、教授先生は私が苦労して探し出してきた小壺を三千チャットはたいても買いたがっていた。私が五千チャットでなければ、とつっぱねたのでこの取引は成り立たなかった。(当時はモーリスマイナー一台でさえ三千チャットをそれほど超えることはなかった時勢だから、教授先生の言った価格を考えてみていただきたい[*6])。

私もこの小壺を手に入れるためほぼ三年もがんばってきたため、このような高値で押したのだった。なにしろ小壺のひとつがミャンマーにあると耳にして以来、探し続けてきたのだから。

女官のひとりワタンはミャンマーに帰ってきた後、モーラミャイン[*7]でその生涯を終えた。ほかの三人は死ぬまでインドで暮らしたという。それで、女官ワタンの孫にあたるミャミャという若い看護婦のもとに小壺《こつぼ》があると聞くと、すぐさま私はモーラミャイン病院にまで出かけ、ミャミャを探し出したのだった。

ミャミャとは会えたものの、小壺は彼女がまだ研修中のとき、女友達に預けてきた荷物の中に入っていて、そのジェニーという友人は、ミャミャが研修を終えぬうちにイギリス人の役人とねんごろになってインドへついていったという。それでほかの荷物ともども受け取れなくなってしまった、といういいかげんな話だった。ここで小壺の手がかりは、まるで落雷にあった城郭のようにうち崩されてしまったのだった。

しかし私が引き続き耳を澄ませていると、またしても小壺の情報が飛び込んできた。情報をつかむたびに私は力をゆるめず、手負いのまま逃げていった獲物を巧みに追いかける狩人のごとくたゆまず追跡していくと、ついに工芸官の小壺は私の執念に降参したのだった。

私は看護婦ジェニーがミャンマー国内にいるかどうかを確認するため、健康保健省に接触した。当時の健康保健省には、ミャンマー全国に配置されている看護婦からわずかな人数の部局の医者まで、一度にその名が見られる総合人事配置録はなかったようである。都市別、病院別、部局別の幹部・事務員名簿すらきちんと作られたものに私はお目にかからなかった。

事務員の中には、あちこちの部局で一部名簿の記載漏れがあったのも体験した。私が思うに、健康保健省ではいったい何人の医者を任用しているのか、大臣から用務員に至るまで、まともに答えられる者は誰ひとりとしていないだろう。

私はジェニーというひとりの看護婦に会うため、書写係に雇い入れたアルバイト二人とともに一か月かけて、健康保健省関係の各部局にある看護婦名と勤務先の病院の名簿を書き写した。そして最後にミャンマー各地の病院と、そこに勤務している看護婦の総合名簿を作り上げることができた。

その名簿ではジェニーという若い看護婦は三人いて、ひとりはバモー病院、ひとりはマウービン病院、もうひとりはインセイン病院に勤めていた。[8]

私はいちばん身近なインセイン病院からいちばん遠いバモー病院まで足を運び、三人のジェニーに会ってきた。けれども、三人とも女官ワタンの孫、看護婦ミャミャの友人ジェニーではなかった。

根性のない者だったら、もうこの時点で小壺《こつぼ》探しはあきらめたことだろう。私も初めはもうやめようという気にもなったが、「初志貫徹」[9]という言葉を心になおも努力を続けた。

あるとき、セント・ポール高校[10]のそばのバス停で、健康保健省のメッセンジャー・ボーイとばったり出会った。私がアルバイトたちと名簿類を写し書きしているときに親しくなった少年だ。すると彼が、

「おじさん、看護婦名簿の写し書きには軍病院の名簿も入ってるの?」

と聞いてきた。私が入っていないと答えると、彼は軍の看護婦名簿は健康保健省にはなく、軍

の士官名簿に含まれているのだと述べた。私はこの一介のメッセンジャー・ボーイの賢さに恐れ入ってしまった。私に人材登用の権限でもあれば、即座にこのメッセンジャー・ボーイを局長ぐらいの地位にでもつけてあげたかった。

私はこのメッセンジャー・ボーイの名を忘れない。また、彼ともたいそう親しくなった。この少年の名前はマウン・ミャッチュエ。[11]この名前を決して忘れることはないだろう。

私はマウン・ミャッチュエの言ったようにミンガラドンの軍病院へ行き、今度は軍の看護婦名簿を書き写した。

職員録の保管については、軍はほかの役所よりきちんとしていると私は感じた。ミンガラドン軍病院に行くだけで、ミャンマー国軍の下のすべての軍病院の職員名簿、看護士・看護婦部隊の名簿、任用してある医者と看護婦の名簿がすべて収録された、「国軍常設編制人事録」という大がかりな名簿を見ることができた。彼らの言うには、彼らのところにはミャンマー各地の軍事基地へ配送した「アンピー」[12]という万病に効く薬を、誰が何錠服用したかという統計もあるということだった。私も本当だろうと思った。

何の因果か私に大変な仕事を与えてくれたジェニーの名を、こうして私は名簿の中に見つけることができた。

ジェニー中尉（看護担当）
メイミョウ軍病院[*13]

私が探しているジェニーその人かどうかも、軍病院が軍用無線器で確かめてくれた。その日の午後、私が会いたいミャミャの友人、若い看護婦ジェニーとはジェニー中尉であることがはっきりと確認された。

それで翌日、私はメイミョウへ赴いた。そして、ジェニーと直接会って、胸元を思い切り蹴飛ばされたような思いを味わうことになった。

「おじさんの言う小さな壺《つぼ》はミャミャが託していった荷物の中にあったのは本当です。でも、その壺が重大な物だとはあたし、考えたこともなかったんです。ミャミャが残していって以来、まあ、粗末に扱ってきました。時々あたしの夫がその壺を灰皿代わりに使っていたほかは、あたしたち夫婦も大切にすることはありませんでした。私が思うに、おじさん、その小壺はモーラミャインに住んでいたときになくしてしまったという感じです」

必死の思いで探し回ってきたジェニーに会ったのもつかの間、私の期待の新芽はまるで煮えたぎる湯をぶっかけられたかのよう。もう一縷《いちる》の望みもなしというありさまになってしまった。

ジェニーには、いったい私がどのように彼女を探し続けてきたのかということも言わなかった。私は当時、看護婦名簿を漁《あさ》りまくって、ミャンマー全国の看護婦の名前をほとんど暗記せんばかりにして彼女を訪ねあてたのだった。こんなに苦労して探しまわり、やっと会えたジェニーは、私が手に入れたくてたまらない小壺《こつぼ》どころか、そのありかへの手がかりさえも示せず、果ては私をこの上ない失意の底に沈めてくれたようなものだった。

砂漠で水を求めている者が、遠くに見える池へ向かって力をふりしぼって歩いていって池のそばへ着くと、水はなく、広大な砂の窪《くぼ》みを見るばかり。そのため発狂してしまうという砂漠の狂人たちのことをたびたび読んだことがある。今の私もそんな心境だった。

私は失意のままジェニーのもとを去った。人の運命とは不思議なものである。私があれほど探し回ってきた小壺であるが、もう探すのはよそうと考えたとたん、それは私の手の中に転がり込んできたのである。

汽車の中で、私は小壺を探し求めていたときのことを思い返した。使った金にくたびれもうけのこの結果。やがて、自分には過ぎた品物だったのだ、もうこの小壺は探すまいと心に決めた。

この決断は私の心を本当に晴れやかにしてくれた。まるで大仕事の責任から解放されたかのようだった。それでひたすら、この小壺にまつわる耳にしたいっさいの話を忘れてしまおうと努めた。

私は快適な汽車旅を続け、やがて汽車はヤンゴン市に近づくと、ふだんは停車することのないレイダウンガン駅で止まってしまった。それで私も窓から顔を出して外のようすをうかがってみた。ヤンゴンへの入り口、ガモウイェイッ橋のそばまで先に行った汽車の一車両が脱線したため、こちらもしばらく停車することになったのだ、と人々が話し合っていた。

　ちっぽけなレイダウンガン駅の構内では、三人の年輩のおばさん連中がこれから旅に出るらしく、大小のかごと一緒に汽車を待っていた。私がそのおばさんたちにもう一度視線をやってふと見ると、ひとりのおばさんは火の粉を落とさぬように小さな器で受けつつ、いかにもうまそうにトウモロコシの葉の特大葉巻をふかしていた。その小さな器をよくよく見ると、それが小壺《こつぼ》の形をしていたものだから、私は革の鞄《かばん》をひっつかんで汽車から飛び降りた。車両に残した私の巻き寝具[*14]は、そばの席にいた女性客にちょっと見ていてくれるよう頼んできた。

　おばさんのところに行き、許しを得てその小壺を見せてもらうと、私が探している金銅合金の小壺だとは確信は持てないものの、それに間違いないほどの出来栄えだった。私がどれほどうれしくなったか、とても言い表せないほどだった。

「おばさん、どうぞ私にこの灰皿を売ってください」

　おばさんはけげんそうに私の顔を見上げると、

「あたしのもんじゃないよ。道中、火の粉が散るといけないからインド人の家からちょいと持ってきたんだよ」

と言った。私も言った。

「そのインド人を私に紹介してください。必ず買いますから」

　駅にいた人々は、珍しいものでも見るかのように私を人垣で取り囲んだ。そのとき、私の乗ってきた汽車が発車を告げる汽笛を鳴らした。私にはその汽笛も耳に入らなかった。私が巻き寝具を見てくれるよう頼んできた女性客が、汽車が出るからと大声で私を呼んだ。それも耳に入らなかった。さらに駅の構内で私を取り囲んでいる人たちも私に呼びかけてきた。とうとう汽車が動き出した。もう汽車には乗れない。それで私は車中の女性に向かって巻き寝具を外に放り出すよう叫び、彼女も懸命に抱え上げてそれを投げ落とした。私はちょうどそばにいたインド人の少女に一ムー[*15]与えて巻き寝具を拾ってくるよう言いつけた。

その間、私は壺《つぼ》を持っていたおばさんと押し問答になっていた。

「困ったねえ。何を考えてんだか。あたしの灰皿をなんとしても買い取りたいって、汽車からとうとう降りてきちゃったよ。こんなこともあるんだねえ」

と、おばさんは言い立てて爆笑した。

「シンさんや、だったら売っておやりよ」

「売れるもんかね。あたしのもんじゃないんだよ。道中、たばこを吸うためインド人の家からちょっと持ってきたって言ってるのに」

私に加勢してくれたおばさんのひとりと、目下の壺の持ち主、シンさん、ドー・シン[*16]というおばさんも二人して言いあった。

「シンおばさんったら、それじゃ本当の持ち主を呼んできてあげたら? この人、かわいそうに汽車からも降りてきちゃったのよ」

その片田舎には似つかわしくない、ちょっと色白であか抜けた感じの娘が私の側に立って口をきいてくれた。

「あたしゃ、これから汽車が来るんで無理だよ、ティンちゃん。あんたはあたしの姪《めい》だし、親切心もあるならあんたが呼んできておくれよ」

「どこのインド人なの？　おばさん」

「お前さんの家の近くのアンター・サーミっていうインド人さ」

その娘は美しいだけでなく、たいそう優しい心の持ち主だった。

「私、その人を連れてまいります」

そう言うと彼女は白い子兎《うさぎ》のように私のそばから姿を消した。間もなくそのティンティンという娘は、やせて背の高いインド人金貸しのほかにミャンマー人の男を連れてきた。

私はインド人金貸しにほほえみかけて挨拶《あいさつ》すると、

「この小さな壺《つぼ》はあなたの物ですか。私はこれを手に入れたいと思いまして。売ってくれませんか」

と言った。インド人が言った。

「そんな、旦那《だんな》。私のところでそのままころがっていたものですよ。大して価値もありません。買い取るだなんておよしなさい。どうぞお持ちください」

私はインド人金貸しというものは非常に欲深な連中だと心得てきた。[*17] それで私がほしくてたまらないと言えば、何倍もの値段をふっかけてくるだろうと思っていたが、このときはどうも勝手が違った。

このインド人金貸しは実直そうに自分にとっては役に立つ品ではないからと言って、気前よく私にくれようとした。

彼と一緒にやってきた、細い目で顔一面、気味の悪いそばかすだらけのミャンマー人の男が言った。

「おいおい、そんなことってあるか。それなりの値段はつけなきゃな」

「でもなあ、サントゥーや、値段をつけようにもこれは俺《おれ》にとって一銭の価値もないんだよ」

「ほしがる者ありゃ物には値段あり、だぜ。アンター・サーミよ」

私はこの金貸しインド人をちょっと甘く見かけたが、実際のところ金貸しミャンマー人のほうがはるかにたちが悪かった。

けりをつけようと、しまいに私はこう言った。

「それじゃ、あんさんとして、この品はどれほどの値がつくかおっしゃってください」

その田舎者の性悪ミャンマー人はおばさんの手から小壺《こつぼ》を受け取って眺めると、

「五チャットだな」

と言った。

「よし、あんさんには五チャット出しましょう。そちらの持ち主、アンター・サーミさんには十チャット払いましょう。そちらの灰皿代わりにちょっと持ってきてしまったおばさんには五チャット、わざわざお二人を呼んできてくれたお嬢さんには十チャット払います」

私は財布を開け、一枚ずつ紙幣を取り出してひとりひとりに分け与えた。コウ・サントゥー[*18]というミャンマー人金貸しのほかは、みんな遠慮して私の金をすぐには受け取らなかった。コウ・サントゥーだけが待ちきれないように私の差し出した五チャットをつかみ、目を細めて大恩人を見るようなまなざしで私を見た。

こうして私はついに小壺《こつぼ》を降参させて、この手に収めたのだった。と言っても、その小壺が本当に私が探し求めている、工芸官の作になる物かどうか確かめる必要があった。私はまた女官ワタンの孫、看護婦ミャミャのところへ出向いた。

ミャミャは私が持ってきた小壺を目にするやいなや、直ちに自分の小壺であることを知った。私は彼女に五十チャット払おうとしたが、頑として受け取らないので、その値段相当のプレゼントを買い、押しつけるようにして彼女のところに置いてきた。

私が夢中で探し求めてきた工芸官の贈り物の小壺は、こうして私の手の中におさまったのだった。

ヤダナーギーリの地で女官たちの機嫌をすっかり直した贈り物、優れた芸術家であるミャンマーの工芸官の手による名品、金銅合金の小壺の物語は実はこれで終わることはなかった。

この小壺は「マヌサーリー」という名の学識ある王女とつながりがあったのだった。マヌサーリーの話は、私たちミャンマー人の多くが神話として語りついでいる、名判決を下したヤカイン族のトゥダンマサーリー王女ほどには知られていないけれども、やはり根拠あるものなのである。

シュエミン・ダマタッとマヌジェー・ダマタッ[*19]は実はマヌサーリーが書いたものである。『帝釈天《たいしゃくてん》尊師』と題した古代の科学書、それからほかの科学書では『元素化学関連之《の》実践』、またさまざまな鉱物について解釈した『鉱石之性質及考察実験論議』の貝葉《ばいよう》原典[*20]も、この学識ある王女の作になるものである。

王朝時代の判例集「ピャットン」にある判決を下してきたのも実はトゥダンマサーリーではなく、何をかくそうマヌサーリーであると、一部の学者も『縁起説法』というマヌサーリーのことが書かれた書物を根拠に言っている。

この才媛《さいえん》の王女マヌサーリーのこと、私の手元にある小壺《こつぼ》と彼女がいったいどのように関係しているのかということを一冊の本に書こうとすれば、それはあたかも茨《いばら》だらけのジャングルにかき分け入るかのようになるだろう。

私が一抹の不安を感じるのは、多くの現代人にとってはマヌサーリーが実在の人物だったとは、やはり信じがたいだろうということだ。そんな現状など無視してでも書かずにはおけない事情が起こり、またそのために私はこの本を「マヌサーリーの物語」と名づけることにした。

もしも読者が「マヌサーリー」は本当に実在した人物なのか、思いつきの空想でも書いたのではないかと疑いの念を持つならば、そうであったら私はこれほど込み入った顛末《てんまつ》を書く必要もなかったし、また他人の書いたものを読んだりする余裕もない、とはっきり言っておこう。

根拠となることがらをさらに挙げておく。

（一）工芸官の作品、金銅合金の小壺《こつぼ》

（二）私が知らないはずの、マガダ・トウッディ語やタイェーキッタヤー時代[*21]よりも古いミャンマー語の綴《つづ》りや表現を交えて書かれた、マヌサーリーと私の共作とも言うべき分厚い原稿

（三）ターモエ墓地[*22]にあるマヌサーリーという墓標の小さな墓

（四）大学生マウン・チョーカインと精神病院の診断

（五）バー通りのスチュワート拘置所[*23]から不思議なことに穴も掘らずに消え去ってしまったナンウェイ中尉。それに関する警察の調書と新聞記事の切り抜き

これらは私の体験の、動かすことのできない証拠物件なのである。

作者より

その二
ナンウェイ中尉と切断手首の不思議

ある日、私の学校時代の友人で、穀物審査官をしているコウ・セインヤが、私の好物の蜂蜜《はちみつ》印ブランデー[*1]をごちそうしようと言ってきた。一緒に夕食を、と言うので、コカイン通りの中華料理屋で会おうと答え、その夕方、六時過ぎに店に着いた。

飲み会となるといつも熱心なコウ・セインヤは先に来ていて、私を出迎えると取ってあったゆったりとした部屋へ案内してくれた。部屋の中に誰かすでに座っていたので尋ねると、自分が連れてきた者だと言った。

席に着くとすぐに食べ物を注文しながら、コウ・セインヤが同行者を私に紹介してくれた。インドにいるミャンマー武官団付き将校だという。

その若い将校はコウ・セインヤの従弟《いとこ》で、年齢は三十そこそこということだった。軍の階級では中尉ということであり、兄貴分のコウ・セインヤがややよそよそしく「ナンウェイ中尉」と呼ぶので、私もナンウェイ中尉と呼びかけた。

彼のほうは私を親しげに「コウ・アウントゥン兄さん」と呼んだ。ナンウェイ中尉はミャンマー人の若者にしてはずば抜けて体格がよく、背丈は一八〇センチばかり、引き締まった体に思わず私も見とれてしまった。

顔立ちはハンサムとは言えないけれど、ミャンマー人らしいりりしい風貌《ふうぼう》だった。口先ではなく、腹の底から発声されるその声を聞くだけでも、武勇をとどろかせたアラウンパヤー[*2]かミンイェーチョーズワ[*3]といったミャンマーの英雄たちの面影を感じさせるような、現代には珍しいタイプの若者だった。

相手より先に話し出そうとしたり、しゃべりすぎたりという、若い身で社会的に高い地位についた者たちが犯しがちな、みっともないふるまいに及ぶこともまったくなかった。

私が話しているとき、彼は興味深げに耳を傾けた。ただ、私の目を見ようとはしなかった。私の胸元を見つめながら傾聴しているのだった。たまたまコウ・セインヤが話す番になっても、コウ・セインヤの目を見ることはなかった。彼の胸元を見つめながらじっと聞いているのだった。

しかし、彼自身が話す番になると、胸元ではなく、私たちの両の目の間、みけんをまっすぐに見据えて話しかけてきた。

マホーダター[*4]が空飛ぶ鳶《とび》を見上げてその影を踏みつけ、大音声を張り上げただけで、鳶は自分の胸元でどなられたと思いこみ、足につかんだ肉片を落としてしまった、という物語を読んだことがある。そんなことなどありえないと思ってきたが、ナンウェイ中尉と話をしながら私はそういうこともあるのだと思わされた。

なぜならナンウェイ中尉の声は、心の奥底に食い入ってくるかのような声だったからだ。私たちはさまざまな料理と共にブランデーを楽しんだ後、ご飯ものを食べた。食後、コウ・セインヤと私はたばこを吸った。ナンウェイ中尉はたばこを吸わず、ハッカ菓子の一種「スィンスィン」の小さな薄べったい錠剤をたびたび口に含ませていた。

「コウ・アウントゥンにこの話をしても、信じてもらえるかどうかわからないが」

コウ・セインヤがこう切り出した。

「何のことだい。信じられるような話だったら、そりゃ信じるさ」

「とても信じられないような話だから困ってるんだよ。大使も武官も軍病院の医者も、親元の大隊の大隊長も、もう今日に至るまで、ナンウェイ中尉に起こったことを話しても、まだ誰ひとり信じてくれる者がいないんだよ」

「どんなことなんだ。話してくれよ」

「俺《おれ》を通した話よりも、ここにその当人がいるんだから、当人が自分で話したほうがいいだろうよ。さあ、ナンウェイ中尉、コウ・アウントゥン兄さんにまずはお話ししてみろよ」

「そうだな、中尉。そしたら私もどういう事情かわかるしな」

ナンウェイ中尉がほほえんでうなずいた。

「コウ・アウントゥン兄さん、私としてはこれからお話しするのに、どうも気の進まないところもあるのです。今まで私の話を聞いて、それを信じてくれた者はまだ、ただのひとりもいないんです。信じないがため、武官は大使に報告し、インドにいたときから私は精神病者、平たく言えば狂ってしまったということでミャンマーへ送還されたんです。帰国しても私の言うことを誰も信用せず、ミンガラドン軍病院、精神病院、国軍人事課などがたびたび私を呼びだしては取り調べるんです。まったくうんざりですよ。こちらは狂っていないのに、あちらは私が狂っていると思いこんでいて、たびたび呼びつけられるのですから。このまま行けばいやな思いばかりして、そのうち本当に自分は狂ってしまうのではないかという気にもなってきます」

「そんなにみな信じないとは、どんな事情なのかな、ナンウェイ中尉」

「お話しいたします。四年ばかり前に私は武官付き士官としてインドへ行きました。武官も大使も大使館の館員も私に対して敬意を払い、親しくしてくださいました。そして、ここからが始まりなのです」

ナンウェイ中尉は例のごとく私の両の目の間、みけんを見据え、一語一語冷静に語っていった。そうした彼の言葉は、たっぷり水を含んだ泥地に投げつけた石がひとつひとつめりこむように、私の心のひだに一語一語沈みこんでいくような気持ちを起こさせた。そのため私は彼の言葉を一生忘れることはないだろう。彼は話を続けた。

「去年、私はある友人の勧めで夕方になると、住んでいたところからさほど遠くないホテルで開講されていたウルドゥー語会話教室に通っていました。教室に通って二か月ほどたったときでした。帰り道、若い女性がひとり、ごろつきたちに連れ去られようとしているのを見て中に割って入り、彼女を助けてあげました」

「うん、それで。この話は何か悲劇のにおいがするようだな」

「そんなにおいがしますか、兄さん」

「まあ、いい、まあ、いい。続けたまえ」

「手短に言うと、まあその、私はその女性と親しくなったのです。彼女はイスラム教徒インド人の女性で、ビービーナーという名でした」

「ところで、ナンウェイ中尉とその女性が親しくなったのはわかったけれど、君たちがお互い話すときは何語でしゃべったのだね」

「私はヒンドスタニ語は十分に話せます。でも、ビービーと私は英語で話しました。彼女はほとんど母語に近いくらい英語がうまかったのです」

「ふうん、そうかそうか」

「しばらくたつと、ビービーと私は友人どうしから恋人どうしになりました」

「そうこなくちゃな。うん」

と、黙って聞いていたコウ・セインヤが口をはさんだ。

「さあ、続けたまえ、中尉」

「三か月ほど前、ビービーの態度が変わってきたのです。私と会ってもそれまでのように屈託なく笑ったりすることがなくなりました。それで私は彼女に、ビービー、君は本当に僕を愛しているのかい、僕たちミャンマー人は、人を愛したときでも憎んだときでも一途《いちず》になるものなんだ、もしも君にもう僕を愛していないなんて言われたら、つらくて耐えられないよ、とつい言ってみたのです」

「すると彼女は何と言ったのだね」

「こう言ったんです。私が最近楽しくないのは、あなたは本当に私を愛しているのかしらと不安になるからよ、と。それで私は、本当に愛しているんだ、ビービー。信じられなくて、私のこの胸を切り裂いて中を見たいというなら、本当に切り裂いてもいいよ、と言いました」

「ふむ、続けたまえ」

「するとビービーが胸を切り裂いてだなんてやめて、私を愛しているならこの手を治して、と言ってサリーに隠れていた右手を出しました。私は天地がひっくり返ってしまったかのような気がしました。それはもう彼女が憐《あわ》れに思えて、悲しくてたまらない気持ちになりました」

「手がどうなっていたのだね」

「その右手は手首から先がなかったのです。ビービーは、もしもこうした傷害がなかったら、僕がいくら払ってでも天女とだって競わせてみたいほど美しい女性です。コウ・アウントゥン兄さん、本当です」

「かわいそうな話だなあ、ナンウェイ中尉よ。どんな思いをしたか俺《おれ》も同情するよ。ただ、その前に彼女の手を見たことはなかったのかい」

「いつもサリーで覆われていて、体の前でサリーの端を、その見るからに美しい左手で引き寄せて押さえていました。右手はいつもサリーの中に隠れていたんです。それに、インド人の若い女性たちはみんなそんな風にサリーをまとっていたし、まったくわかりませんでした。ビービーからミャンマー人が軽蔑《けいべつ》されるのがいやだったこと、それから私自身、まだ結婚する前から恋人の肉体を自分のものにするようなふるまいはしたくなかったこともあって、彼女と会うときはいつも向かい合わせに座って、話をするほかは何もしなかったのですから、わかるはずもありません。こうやって自制しているのを馬鹿だと言う人々にとってみれば、私はその馬鹿の一人ですよね、兄さん」

「そのように自制できるのは強い心の男性だからできることだよ。結婚前から恋人と交渉を持ってやっと安心できるなんてやつらは、恋人を逃げられないように追いつめておこうという卑劣な心の持ち主なんだ。はっきり言えば、結婚前から恋人をものにしておこうなんてやつらは、自分の恋人を大切に思う心もなく、セックスの対象としてしか見ていない愚か者たちだ。ナンウェイ中尉、君の行為は尊敬に値するよ。さあ、続けてくれ。話はますます核心に迫ってきたね」

「そうそう、このあたりからが重要なんだよな」

と、コウ・セインヤがまた口をはさんできた。ナンウェイ中尉はシンシンを二つ、三つ取り出すとそれを口に含んだ。

「こういうことなんです、兄さん。ビービーはイスラム・インド人女性じゃなかったんです。ミャンマー人だったのです。ビービーの本名もマヌサーリーというのです。マヌサーリーの片手首から先を、マヌサーリーの一族が代々宿敵としているある一族が切り落とし、ミャンマーのチャウセー、ウェーブー山にある石の箱の中に隠したのです。昔の魔法をかけてあるので、今でも腐らずにあります。もしもその手を取り戻すことができたら、インドには元通り治すことのできる伝統薬草術の専門家たちがいるのです。私がほかの人ではなく、あなたにこんなことをお願いしたわけについてはどうぞ聞かないで。私、マヌサーリーを愛しているならミャンマーへ帰って、私の手を取り戻してきて。取り戻してくれる、くれない、だけ答えて。ほかには何も聞かないで。聞かれても、私、何もお答えしないから。もしも取り戻してきてくれるなら、石の箱の中にほかの手首も入っていたら、私の手の甲にはジェーヤーという印の入れ墨があるわ、と彼女は私にそう言ったんです。ジェーヤーという印をお描きすると、こんな形です」

　ナンウェイ中尉がコップの氷水に指をつけ、テーブルに描いた形は以下のようなものだった。

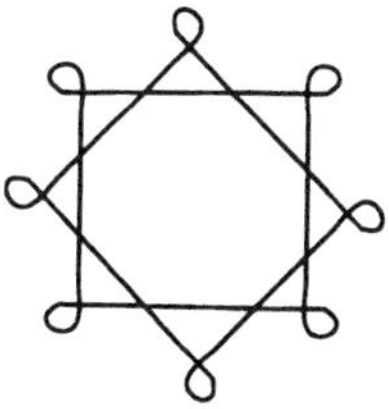

「それで、中尉は彼女にどう答えたのだね」

「自分の愛するビービーことマヌサーリーの頼みなら、ウェーブー山の石の箱どころか、地獄の罪人を煮る大釜《おおがま》の中からだって取ってくる覚悟だ、だから、近いうちに取り戻してきてあげると約束して、その日はうちへ帰りました」

「それからは？　その後はどうなったのだね、ナンウェイ中尉」

「私はこのことを親しくしている二人の士官に話してみました。二人は私の話をまったく信じませんでした。さらに二人はこのことを武官に報告したのです」

「武官に報告すると……」

「武官は私を呼び出しました。そして事情を事細かに聞きました。私もありのままを答えました。けれども、私の言ったことを武官はまったく信用してくださいませんでした。武官がおっしゃるには、自分とおまえの恋人ビービーことマヌサーリーという娘を会わせよ、会ってみて、おまえの話のとおりだとしたら、おまえ自身がチャウセーの山の中に入って、石の箱の中にあるという手首の片方を取ってくる必要はない。チャウセーにいる部隊に打電して、取りにやらせよう……」

「そう言われて、中尉はビービーと武官を会わせてあげなかったのかね」

「会わせないでおさまるものですか。コウ・アウントゥン兄さん。私はビービーの家へまだ一度も行ったことがありませんでした。でも、前に彼女がくれた住所がありましたから。それで住所を頼りに武官をご案内して、エデン病院通り十番地へ行ったのです。私の言ったことを信じない友人の士官二人も一緒に連れていきました」

「みんなでビービーに会ったわけだね」

「いいえ、会いませんでした」

とナンウェイ中尉はひどく沈んだ表情で言葉を止めて頭を垂れた。勇気凛々《りんりん》という感じの者が、ひとたび意気消沈した姿は気の毒なものである。今このようにナンウェイ中尉も希望を失い、落ち込みきっているのを目の当たりにして、私は心から同情せずにはいられなかった。するとコウ・セインヤが私に引き続き尋ねるようにと目くばせしてきた。

それで、私も申し訳なく思いながらもさらに聞いた。

「なぜ会えなかったのだね、中尉」

「それはですね、アウントゥン兄さん。ビービーが私にくれたエデン病院通り十番地というのは、家ではなかったんです。古くからそこにあった大きな祠《ほこら》だったんです」

「なんの祠だね」

「神様の名前ははっきりわかりません。ラクシュミー女神[*5]のように腕が六本ある、昔から一部の南部インド人が信仰している女神の一人の祠です」

「どうも不思議な出来事だな、中尉よ」

「このように事が不思議であればあるほど、私はさらに窮地に立たされるという感じでした。

武官が、どういうことかね、ナンウェイ中尉、君の恋人とはインド人たちが拝んでいるこの女神のことかね、と皮肉っぽく言いました。二人の士官もにやにやしながら私を見てくるので、もう私としては死んでしまいたいくらいの恥ずかしさでした。私もそのまま引き下がりたくなかったので、ビービーの姿格好のことを説明しながら近所の人たちに聞いてみましたが、彼らも、自分たちはずっとこのあたりに住んでいるが、私のいう娘とおぼしき者はひとりもいたためしがない、そういう姿格好で一時滞在した者もいない、と言っていました」

「それで、武官と中尉は帰ってきたんだね」

「ただ帰ってきたのならよかったんですけれど。そうしたら、武官が私を医者のところやら何やらで検査を受けさせました。初めは私も拒みました。でも、武官が軍命令として出してきたもので、受けざるをえませんでした」

「診察した医者たちはどういう診断を出してきたのだね」

「医者たちは、何の病気も認められない、しかし私が会ったビービーことマヌサーリーは実在しないものを実在すると思いこむ強迫観念の病であり、英語で言えばハルシネーション、つまり幻覚を見たのだと言ったのです、コウ・アウントゥン兄さん」

「中尉の体験はどうも相当に深いものがあるようだな」

私は口の中がだんだん酸っぱく感じられてきたのでたばこに火をつけた。ナンウェイ中尉もまた上着のポケットから金色のたばこケースを取り出し、象牙《ぞうげ》の吸い口パイプに香り高いキャメルをつけて上品なしぐさで吸いだした。

コウ・セインヤはウー・チャウロン屋の薬草葉巻[*6]を口の端にくわえたまま、話に加わらずにいたが、その沈黙を破って言った。

「あまりにも不思議な話なんだよな。武官が信じないのは無理もないし、僕自身にも信じられない。しかし、ナンウェイ中尉は子どものころから人をだましたり、うそをついたりするたちではまったくなかったんだ。それで、この話は本当かそうでないかみんなで考えてみようとコウ・アウントゥンを招待したわけなんだ。さあ、中尉、話を続けて」

「それで私も、いつもビービーと会っていた場所へ毎日のように通って彼女を待ちました。けれど、ビービーと会うことはもうなかったのです」

中尉はそこで言葉を切ると、そのままうつろな目でたゆたうたばこの煙を見上げていた。途切れた会話をまたつなぎ直そうと、私はひとつ質問した。

「ナンウェイ中尉、その後は、ほかに不思議なことはなかったのかい」

「そうですね……もう一つ不思議なことがありました」

「それは何だね。話してくれないか」

「私はエデン病院通り、十番地の祠《ほこら》にもう一度行ってみました。私が行った時間は朝まだ早い時間だったので、中は人影もなく、インド人の祠守のおじいさんしかいませんでした。私はそのおじいさんに小銭を渡して祠の中に入ってみました。祠全体が線香や火のついた練り香料で馥郁《ふくいく》たる香りでした。そして、女神様を拝観させてくださいと言って、じっくりと女神像を見てみると、それはほぼ等身大の人間の大きさに作ってありました。腕は六本あって、素晴らしい出来映えの彫刻でした。その女神はまるで生きているかのようでした。女神の首には信者たちがかけていった金の大型首飾りや金鎖やダイヤをつづった鎖が飾られていました。頭のまわりに細いひもが巻かれ、額の真ん中のところに小さなルビーが一粒下げてありました。この女神の名前を聞いてみましたが、祠守はきちんと答えられないのです。神様、とだけしか言えないんです。六本の手のうち、ひとつには私たちがミャンマーでカンナというような花を、人々が来るたびにささげて持たせていっていました。私と祠守が話をしているとき、中年のインド人の男がひとりやってきて、女神の手にさらにカンナの花を持たせて祈りをささげました。それで、その男性に話しかけてみると、彼はターモンドリカシャタラネ・サーリーイェーカシャトラという占星術の流派では大変有名な占い師だとわかりました。その先生が言うには、この女神は占星術をつかさどり、手相にしろ星座占いにしろ、占い師を目指す者は、この女神にカンナの花、それからミャンマーで言うグラジオラスのような花をささげてお参りすると、正確な占いができて、有名にもなれるということでした。

それから、六本の腕のうち、一本が手首のあたりから先が折れてなくなっていたのが目にとまりました。それで私は祠守《ほこらもり》に、ここは折れているね、見た目もよくないし、彫刻家を呼んで手をつけ直したらどうかと言ってみると、祠守は、お若い人よ、人に何か起こったら神様が直してくれます、でも神様に何か起こった場合、人にはどうすることもできないのです、と言うんです」

「祠守《ほこらもり》のじいさんの言葉はまあそんなものかと思えるが、しかし哲学的でもあるね。中尉もそう感じたんじゃないかね」

「哲学的かどうかはちょっと私は考えてはみませんでしたが。でも、女神の像の足下のそばに、先ほど私がお話しした手首から折れている腕の、その折れた手首を高坏《たかつき》にのせてあるのに気がつきました。それでその手の甲を見てみると……」

「見てみると、どうしたんだね、中尉」

私もその先が早く知りたくて、待ちきれずに言った。

「何があったって、兄さん、ビービーが私に言ったジェーヤーの印がついていたんです。さっき私がテーブルに描いたあの形です」

「何とも驚くべきことだな、コウ・セインヤ。中尉はどう思うかさておき、中尉の話を聞いている僕もこれには驚いたよ。その先を話してくれないか、ナンウェイ中尉」

「私は祠守のおじいさんに、その手の甲のジェーヤーの印についても聞いてみました。彼にはその印がジェーヤーと呼ばれること、この女神の印であることぐらいしか答えられませんでした。おじいさんの民族はどのくらいの間、この女神を信仰しているんですかと聞いてみると、三千年近くになるということでした」

「ほかにはどんな不思議なことがあったんだね、中尉。これまでの話はなんだかアラビアン・ナイト、千夜一夜物語を聞いているようだな。いやはやまったく驚くべき話だね」

「あとは何も不思議なことはありませんでした。しかし、武官は医者の診断書に基づいて私をミャンマーに帰国させたんです。帰ってきてこれで一週間になります。それで軍病院と国軍人事課の取り調べの後、私は退役扱いにされました」

「退役扱いにされたのはいつだね」

「おとといのことです。一年の保留期間付きです。この一年間は何の任務にも就きませんが、国軍士官名簿に私の名前は残っています。一年たったときに私は完全な退役身分になり、民間人になるわけです」

「それじゃ、中尉はチャウセーの石の箱があるところにはまだ行ってないんだね」

「明日の朝、出発します。それでコウ・セインヤ兄さんが私をこうして夕食に呼んでくれたんです」

ナンウェイ中尉の千夜一夜物語のような話を聞き終わり、私はふともう一度、彼のようすをうかがってみた。

彼のきりっとひきしまった口元は、不正を言ったり、人をだましたりする人間ではないことを物語るようであった。そして澄みきった瞳《ひとみ》は、医者の診断書にあるような精神病患者とはとても思えないことをはっきりと証明していた。

ナンウェイ中尉は新しいたばこに火をつけると、私とコウ・セインヤに向かって英語で言った。

「この広い世界の青空の下に、不思議なことなどありません。自分のまだ知らないことを、人は不思議なことと思いがちです。でも、最後にそれがはっきり理解できたとき、不思議なことがらはごくふつうのありふれたことがらになるのです」

私は中尉の英語での話し方とその身ぶり手ぶりを見て、イギリスの映画俳優バレンチノを見ているような気がした。

ナンウェイ中尉と心ゆくまで話をした後、私たちはレストランにタクシーを数台呼んでそれぞれ家路に着いた。コウ・セインヤはインセインへ、私はマウーゴンの自宅へ、ナンウェイ中尉はシュエダゴン・パゴダのそば、ゴーヤーゴンの国軍独身士官寮へと帰っていった。

その夜、私は十時過ぎに帰宅した。ふつうだったら酒を飲んだ夜は、頭を枕《まくら》にもたせるが早いか眠りこんでしまうのに、正直なところ、その夜はなかなか寝つかれなかった。

その夜だけでなく、その後も夜な夜な熟睡できず、ナンウェイ中尉が言った手首のひとつがない女神像のこと、中尉の恋人である片方の手首がないイスラム・インド娘ビービーのこと、切断された手の甲にある「ジェーヤー」という印のことなどを考えるようになった。

私の骨董品《こっとうひん》店でもたまたまお客の少ない午後など、ナンウェイ中尉の話していったことや「ジェーヤー」、手首のない女神像のことを考えながら、さらには手元にあった紙にいくつか

「ジェーヤー」の印を描いてみたりした。

たびたび私がジェーヤーの印を描いていたので、親分のすることなら何でも正しいと思いこみ、まったく猿のように物まねをする癖のある私の弟分、ちびのワインマウンもその印を描くようになっていった。

私は白紙の上に描いていたが、よく考えずに何かしでかすワインマウンは白いチョークで店の扉、軒、壁だの、たんす類などにさまざまな大きさでジェーヤーを描きまくった。

「こら、おまえは何でその印を店じゅうに描きつけているんだ」

私がワインマウンに尋ねると、

「先生がこの印をたびたび描いていたのを見たんで、おいらも描いてみたんです。でも、先生、なぜだかわかりませんけど、この印って変ですね。ひとつ描くともう一つ描かずにはいられなくなるんです。最低もう一つ描かずには落ち着かないんです。先生、信じられないなら試してみてください。おいら、もう試してみました。向こうの喫茶店のウェイターたちに、おいら、何も言わずにこの印を描いてみろと言ったのです。あいつらみんな、ひとり最低三個ぐらいは描いてましたよ」

わが弟分、ちびのワインマウンがジェーヤーの印の不思議なさまのことを言うので、特に紅茶が飲みたい気分でもなかったが、その午後、私は店へ足を向けた。ワインマウンが言ったように、店内はジェーヤーの印で埋めつくされていた。私が紅茶を飲んでいる間も、店の若いウエイターのひとりが茶碗の番茶[7]に人差し指をつけ、テーブルにジェーヤーを描いていた。

そのほかにも親友ウー・ソウティンの二人の妹、ルインルインエイとミンミンオンという仕立屋で働いている若い女性たちが、ジェーヤーの印を描いてみせると、二人ともそれぞれ二十個は下らない数のジェーヤーを描きまくったのを目の当たりにした。

また医者をしている友人に、こんな印をどこかで見たことがあるかね、と言って描いてみせ、ふと目をやると、彼もその印を七つばかりも描いていた。それで私も自分の弟分の言ったことは、やはり正しいと思うに至った。

＊　＊　＊

ある日、私が店を開け、月末の決算書を仕上げようといろいろ記帳しているところへ、誰かと一緒に親友のコウ・セインヤがあわてふためいたようすでやってきた。

「さあ、話してくれ。わかるぞ。何か大変なことがあったんだな」

「大変も大変、本当に大変なことになったんだ。ナンウェイ中尉が拘置所につながれてしまってね。それを君のところに知らせにきたんだ」

「ええっ。料理屋で一緒に飯を食ったとき、ナンウェイ中尉はその翌日、チャウセーへ行くと言ってたな。じゃ、まだ行ってないのか」

「行ったんだよ。逮捕されたのはチャウセーでないんだよ」

「いったい今、ナンウェイ中尉はどこにいるんだ、コウ・セインヤ」

「チャウセー警察の拘置所だよ。僕も全然知らなかったんだ。こちらの友人が知らせにきてくれたおかげでわかったんだよ。それでそのまま一緒に君のところへも知らせにきたわけだ。そしたら君も事の次第を詳しくわかるだろうし、また僕としてもどうしたらいいのか、助言してもらえると思ってな。こちらはチンロン仙人コウ・ポーカー。*8 チンロン競技では仙人級の名人だからな。コウ・ポーカー、こちらは俺《おれ》の親友でもあり兄弟どうしの間柄、ウー・アウントゥンだ」

私はコウ・セインヤから紹介されたチンロン仙人、コウ・ポーカーの容貌《ようぼう》をそれとなく観察した。色黒の肌、小柄な体躯《たいく》、やや張り出しぎみの後頭部。その体つきはいかにもスポーツマンらしく、「チンロン仙人」の名で知られるのも不思議はない感じがした。

「コウ・ポーカー、僕たちは君のような有名人ではないし、君が僕たちのことを知らなくても、僕たちは君のことをよく知ってるよ。ユワーマ僧正の葬儀の追悼競技のときも行ってきたよ。これなら往年のローポーやトゥンティン選手のレベルを越えるのもさほど難しくはなさそうだ、と君のプレイを見てつい友達に言ったほどだ」

「ウー・アウントゥンのお言葉はたぶん当たっているでしょう。でも、今の私はあまりそっちのほうではがんばれないのです。生活もかかっているので自分の練習をするよりも、チンロン工場のため籐《とう》の買い付けの仕事もしなければならず、地方出張ばかりしていています」

「さあ、僕たちにナンウェイ中尉のことを少し教えてくれないか、コウ・ポーカー」

「お話ししましょう。マンダレーからの帰り、汽車の中で一緒になった人の話から、私はチャウセーには体力増強と恋愛運を開く薬草・錬金術に優れたお坊さんがおいでになることを知りました。それでチャウセーで下車してそのお坊さんを訪ねてみようとしました。で、チャウセー市場のそばで思いがけずナンウェイ中尉と会ったんです」

「コウ・ポーカーとナンウェイ中尉は知り合ってどれくらいになるんだね」

「ずいぶんになります。彼が武官室付きで外国に行く前からお互い知っていましたから。そんな風に二人して会ったので、じゃ、ゆっくり話でもしようということになって、市場のそばの喫茶店に入ったんです。そこで私たちが昔のこと今のことを話して、一緒に笑いあっていたときに、店の前の通りをインド人の女性がひとり歩いていったんです。その女性の手の甲には、そこにあるような印の入れ墨がしてあって妙に目立ちました。それで私は彼女の方に目をやりながら、ふと、彼女、あの入れ墨を彫るためにずいぶん痛い思いをしたんだろうな、と思いました。それで何の気なしにナンウェイ中尉に、ほら見てみろよ、あのインド女の手、入れ墨するのにずいぶん痛い思いをしたんだろうね、と言ってみたんです。中尉はそちらに視線を向けるとサッと立ち上がり、店の包丁を持ち出してきて、彼女を追いかけはじめたのです」

「コウ・ポーカーは中尉を引きとめなかったのかい。こんな質問をして気を悪くしないでくれたまえ。状況がもっと詳しくわかるように聞いただけなんだ」

「そんなことになるとは思いもよらなかったんです、ウー・アウントゥン。私も初めは面食らってしまいました。でも私が彼を追いかけて取り押さえたときには、すでにそのインド女性の手は切り落とされていました」

「ええっ、何だって」

「つまりですね、ウー・アウントゥン、インド女性の手に入れ墨がしてあるのを見て、私が彼女、痛い思いをしたんだろうな、と言うとですね、ナンウェイ中尉も彼女の方を見て、そして喫茶店の包丁片手に彼女を追いかけて、その手を切り落としてしまったのです」

「何で切り落とすような真似をしたんだろう、コウ・ポーカー」

「ちょうど手を切り落としたところへ私も追いついたんです。路上に落ちた手がまだピクピクと動いていて、ほんとにぞっとしましたよ。インド女性のほうは倒れて気を失ってしまいました。ナンウェイ中尉はその手を拾い上げました。それで私が、中尉、いったいどうしたんだ、と聞くと、僕の恋人の手だよ、と答えたのです。そのときの彼のようすと言ったら、ちょっとふつうではありませんでした。何か覚醒剤《かくせいざい》を使っているような、催眠術をかけられているような、焦点の定まらない目つきになっていました。でも、しばらくするとナンウェイ中尉は正気に戻ったようでした。そして、コウ・ポーカー、私は過ちをおかしてしまった、と言ったんです。市場のそばのことですから、すぐに人が集まり、あたりは大変な人だかりになってしまいました。正気に返ると同時にナンウェイ中尉はつかんでいた手と包丁を投げ捨てました。それから警官たちもやってきて、私たちは逮捕されました。私も警察署へ連れていかれました。私が中尉に、家に知らせてやるよ、と言うと、中尉はそれを拒みました。一晩待って翌朝、明け方から私がしつこく聞いたので、彼も私を気の毒に思ったようで、そちらのウー・セインヤの住所を書いてくれたんです。それで私もとにかく乗れた汽車で帰ってきたわけです」

チンロン仙人のコウ・ポーカーはここまで話すといささか興奮してきたためか、だいぶ薄くなりかけた自分の頭をしきりになでまわした。

私は何分間か言葉も出なかった。あの眉目秀麗《びもくしゅうれい》で男らしい、ナンウェイ中尉という若者が身の毛のよだつような犯罪を犯し、逮捕され、留置所に入れられているとは、と考えるだけでも暗い気持ちになった。

「さあ、コウ・アウントゥン、どうしたらいいだろうね。何かいい知恵を出してくれないか」

コウ・セインヤが助言を求めてきた。私もナンウェイ中尉のことを思いながら沈んだ気分になっていたところから、一転何か決断して彼に助言するために少々考えねばならなかった。そして、

「コウ・セインヤ、今日の夜汽車でとにかくチャウセーへ行くことだな。向こうに着いて、僕の協力が必要になったらすぐに電報を打ってくれ。こちらもすぐに行くから」

私の助言に従い、その日の夕方の汽車でチャウセーへ行くことにしたコウ・セインヤとコウ・ポーカーは、支度があるからと言って私に挨拶《あいさつ》して店を出ていった。

その日の夕刻、ヤンゴン中央駅で私はコウ・セインヤとコウ・ポーカーを見送った。

＊　＊　＊

それから三日ほどたって、コウ・セインヤは私のところへ戻ってきた。私も喜んで彼を迎え入れ、ナンウェイ中尉のことを尋ねてみた。

「どうなんだ。コウ・セインヤ、ナンウェイ中尉の件は穏当に済んだかね」

「どうも穏当に済んだとは言えないな。新聞記事にならないように二千チャットは使ったよ。それでも一部の新聞には小さい記事ぐらいは出てしまうだろうね」

「何でそんなことをしたんだね。君は中尉に聞いてみなかったのか」

「もちろん聞いてみたさ。でも、中尉自身の答えも要領を得なくてね。気を失ってる間に起ってしまったこと、としか言わないんだよ。とりあえずインド人の女の子にはナンウェイ中尉からの三千チャットを届けてきた。これは訴訟を穏便に済ませるためではない、罪は罪として自分の運に応じて甘んじなければならない、と言ってたよ」

「訴訟のほうはどんなようすなんだ」

「訴訟のほうはだな、ナンウェイ中尉は除隊したと言っても、猶予期間一年を満たしてないからまだ民間人にはなってないだろ。それでこの件は警察の手から軍のほうへ移管されるんだ。で、この朝、中尉は僕らと一緒に汽車でヤンゴンへ戻ってきて、今のところバー通りのスチュワート拘置所に留置されているんだ。警察から軍部への移送手続きが完全に済むと、軍部が彼を引き取りにきて、軍事法廷の裁きを受け、受刑するということになるだろう、コウ・アウントゥン」

「じゃ今、ナンウェイ中尉はバー通りのスチュワート拘置所にいるんだね」

「そう、いるよ」

「それなら、行って彼に会いたいな。面会に行こう」

「この時間じゃ会わせてくれないよ。朝七時から十時の間が面会時間だ。容疑者たちが法廷に出向く時間だな。朝のうちに行って面会しよう」

「コウ・セインヤは手首を切られたインド娘とは会ってきたのか」

「会ってきたよ。病院では彼女、泣いてばかりいてろくろく話はできなかった。切られた手のほうは警察署で見てきた。レストランでナンウェイ中尉が氷水で僕らに描いてみせた『ジェーヤー』という印が確かにあったよ」

「どうも僕にはわからないな。ナンウェイ中尉の恋人、ビービーには手首がないこと、ビービーを探しながらナンウェイ中尉が行き着いた祠《ほこら》の手のない女神像、今回のインド娘の切られた手、そしてジェーヤーという印。これらはいったいお互いどのように関係しているのか、なかなかの難題だな」

「コウ・アウントゥンの言うとおりだ。僕もまったくそう感じている。ナンウェイ中尉が行ってきた祠の女神は、南インドの民族の一部では三千年近くも信心されてきたということだが、するとと我々の御仏《みほとけ》ゴータマ・ブッダもまだ現れていないころだ。そんな昔の時代の女神とその手の『ジェーヤー』という印、それがチャウセーに住んでいるインド娘の手の『ジェーヤー』とどうつながるのか、まったく頭の痛くなる問題だよ」

私とコウ・セインヤはナンウェイ中尉のこと、私たち二人を悩ます「ジェーヤー」という印のことなど、それからかなりの間あれこれ話し合い、その後コウ・セインヤは帰っていった。

その夜、私はなかなか寝つかれなかったので、ちびのワインマウンを連れてマウーゴンの表通りにあるインド人の親父が経営する喫茶店へ行き、二人で雑談をしながら夜更かしをした。そのように夜眠れないのを言い訳にして、明日は朝寝坊を決めこもうと思っていたが、翌朝八時ごろ、私はコウ・セインヤの訪問を告げるワインマウンに起こされた。

「やあ、コウ・セインヤ。ナンウェイ中尉のところに行くんだったよな」

「違うんだ、コウ・アウントゥン。おかしなことが起こったんだ。もうスチュワート拘置所にはいないんだ」

「何でもういないんだ。軍部のほうで連行していったからか」

「軍部の連行も何もあったもんじゃないよ。あいつ、拘置所から消えてしまったんだ」

「え……」

私は面食らって「え……」のひとことしか発せられなかった。コウ・セインヤがまた繰り返して言ったが、私はむしろ自分の耳を疑うほどだった。

「今朝六時ごろ、スチュワート拘置所の警官たちがうちに知らせにきたので、一緒に拘置所に行ったんだ。着くと所長が、あなたのお身内のナンウェイ中尉は拘置所から消えてしまいました、不思議なことに穴を掘っていった形跡もありません、部屋の鍵《かぎ》も壊れていません、外側の門の鍵も壊れていません、私たちとしてもいったいどう理解したらよいのかわかりません、本件は軍部へ移管しなければならないケースでもあり、私たちも頭を抱えております、と言ったんだ。それで君を呼びに来たんだ。そうすれば君だってもっと詳しくわかるだろうからな」

コウ・セインヤが言い終わるやいなや、私は無言のまま大急ぎで顔を洗い、上着を身につけ、一緒にバー通りスチュワート拘置所へ向かった。

私たちは拘置所の二階にいる拘置所長と会った。拘置所長は責任感が強く、また親切そうな人柄だった。私たちにコーヒーを出してくれ、丁重にもてなしてくれたばかりか、私たちの質問にも根気強く答えてくれた。

「所長にひとつご質問させてください。拘置所の鍵《かぎ》は誰が持っているものなんですか」

と私は聞いてみた。

「外側の門の鍵も、容疑者を収容しているすべての房の鍵も、私が持っております。夕方六時になると、収容者名簿を見ながら容疑者たちを照らし合わせてちゃんといるかどうかチェックします。それから看守の警官三名と事務員一名で鉄格子、鉄の扉の状態を調べ、容疑者たちがいるかどうかまたチェックしますが、そのときも私自身が立ち会うことになっています。こうして担当者たちは署名して私に鍵束と収容者名簿を返します。受け取ったら私も鍵束と収容者名簿が手元にある証拠に、小さい用紙に署名してそれを警官たちと事務員に渡すことになっています」

「ずいぶんきっちりしてるんですね」

「きっちりやらねばなりません。容疑者が逃走でもしたら、私たちは降格になったり、重要な犯罪の場合だったら、免職や刑務所行きになることさえあるのです。それから私が誰か容疑者を逃がしてやりたいとします。でも拘置している部屋の前には一晩じゅう、三名の警官と一名の事務員がいるのです。彼らが誰かを逃がしてやりたいと思っても、鍵は私の手元にあるのですから、どうすることもできません。スチュワート拘置所で逃亡者が出るのは珍しいことではありません。鉄格子を曲げたり、穴を掘ったりして逃げることがあります。でも、今回の例は非常に不思議です。穴を掘った形跡もない、鍵《かぎ》を壊すでもなく、容疑者が消えてしまったのですから。私は捜査部に報告し、県警部長のほうにも、それだけじゃありません、県警本部にも電話してこの件を報告してあります」

私がさらに質問することがなくなるほどに所長が説明してくれたので、その間、私はおとなしく聞いていた。しかしながら、スチュワート拘置所とは容疑者にとってやすやす逃亡できる場所なのか、現場に入ってこの目で確かめたくなった。私の顔つきからすぐさまそれを察した所長が言った。

「スチュワート拘置所とはそう簡単に逃亡できる場所ではないということを、ただお話しするよりも警察幹部のひとりとして、お二人に実際に中に入って確かめていただきたいものです。私がご案内いたします」

「それはいいですね。ぜひ見ておきたいですね」

と私は答え、こうして所長の案内で私とコウ・セインヤはあの有名なスチュワート拘置所の内部に足を踏み入れることになった。

　所長の言ったとおり、外側から大きな鉄格子の扉を開け、それで中へ入っていけるのだった。収容房の並んでいる場所にさしかかると、ひどい糞尿《ふんにょう》のにおいがした。テインジー市場[*9]の公衆便所よりすさまじいものだった。

　あまりのにおいに私がハンカチを取り出し、鼻と口を覆って結びつけると、所長が収容房のまわりではそのように覆面することは禁じられていると言った。所長によると、そうやって顔を隠して容疑者を房から助け出したり、逃がしたりすることができないように、規則で定められているとのことだった。私も言われたように顔からハンカチを外さざるをえなかった。

　狭苦しい収容房がずらりと並び、それぞれに鉄格子が取り付けられていた。どの房も容疑者たちでいっぱいだったが、ナンウェイ中尉がいた房には誰もいなかった。

　所長がコウ・セインヤ相手に収容房の状況、収容者たちがよく穴を開けて逃げだそうとすることなどを懇切丁寧に話し聞かせている間、私はナンウェイ中尉がいた房の、斜め前の房にいる収容者のひとりと話を始め、事の次第を尋ねていた。彼は「ダーベイン・セインフラ」というダーベイン[*10]生まれのスリだった。「ダーベイン・セインフラ」が言った。

「夜中の十二時過ぎのことでしたがね、ナンウェイ中尉の房の前にきれいなインド人の娘っ子がひとり立っていたのを、あっしはこの目ではっきり見ましたぜ、旦那《だんな》。そりゃ、あっしも驚いたのなんのって。それからスチュワート拘置所は、前科者たちが戯《ざ》れ言《ごと》に『くそワート』と言うぐらい鼻も曲がる臭い所です。でも、夜中の二時を過ぎたころ、何とも言えないいいにおいがしてきたんです。まるで香水屋の中にいるみたいでしたぜ。ただ、それも長くは続きませんでしたわな。あっしもそこでどうやって眠り込んじまったのかはわかりません。看守の警官たちが朝の点呼に来て、やっと目が覚めた次第で。それで、警官どうしの話が聞こえて、ナンウェイ中尉のやつが逃げてしまったと知ったわけなんですわ」

　ダーベイン・セインフラはこのように話してくれた後、私を警察の幹部のひとりと思いこみ、減刑の嘆願をし始めたので、私は自分は警察側の人間ではないこと、ナンウェイ中尉の兄に当たるような者だと言って、そこそこにその場を離れた。

　所長は私とコウ・セインヤが納得するまでいろいろ説明してくれた後、関係者たちは緊急事態として中尉の行方を追っているので、見つかったら直ちに連絡すると約束し、私たち二人を拘置所の外の舗道まで見送ってくれた。私とコウ・セインヤはバー通りの喫茶店「バンドゥーラ」でまた一杯ずつ紅茶を飲み、そこで別れてきた。

　次の日の午前中、手に入る限りのさまざまな新聞を抱えてコウ・セインヤがまた私の店にやってきた。

「ナンウェイ中尉のことがもう新聞という新聞に載ってるよ」

と言って、机の上に新聞の束を置いた。

私も新聞の束の中からミャンマー・アリン新聞[*11]に目を向けると、第一面に六行幅の大活字で、

穴も掘らず、鍵《かぎ》もそのまま
スチュワート拘置所から容疑者、謎《なぞ》の逃走

と出てきた。私はその大見出しの次にナンウェイ中尉事件の記事を読んだ。私は各新聞に載っている中尉関係の記事をひとつ残らず読んでしまうと、コウ・セインヤにどう思うか聞いた。

彼が言った。

「僕はもうこの件は考えないことにしたいな。ナンウェイ中尉の事件はふつうの事件ではないね。スーパーナチュラル、つまり超自然的な性格を帯びた出来事だね。古代インドの諸民族の神秘術、妖術《ようじゅつ》のようなことも絡んでいる、と僕は思っている。僕たちは現実論でものを考えているけれど、こうした事件はふつうに現実論で考えても解決できるようなたぐいのことじゃない。だから僕としてはもうこれ以上考えたくないよ、コウ・アウントゥン」

確かにコウ・セインヤの言うことも一理ある。現実論を盾に取って考える者にとって、超自

然的な出来事について考えたり、その探求をすることなど、貴重な時間の無駄遣いであり、さらにそれよりも貴重な思考力の無駄遣いであろう。

それで私もナンウェイ中尉に親しみと敬意を覚え、また気の毒にも感じていたけれど、今回の事件はとうてい私の理解力を越えたことがらとして、コウ・セインヤ同様それ以上考えるのはきっぱりとやめた。

その後、私とコウ・セインフラはもっぱら訴訟、法律関係の観点から中尉のためにどんなことができるのか話し合った。法律関係の話として、ナンウェイ中尉が発見されて再逮捕された場合、中尉のためにとびきり有能な弁護士を雇ってあげようと私が申し出ると、コウ・セインヤは、これは軍部、軍事法廷の問題となるので、弁護士を雇ってもいいものかどうかわからない、知り合いの弁護士に聞いてみる、と答えた。

ナンウェイ中尉の訴訟問題についても私とコウ・セインヤはこのような程度のことしか話し合わなかった。三千年近くも前から南インドの民族の一部で信仰している女神像の折れた手と、ナンウェイ中尉の恋人ビービーことマヌサーリーというイスラム教徒インド人の若い女性の失われた片手がどう関連しているのか、そのビービーの片手とチャウセーで片手を切り落とされたインド人の娘とはどういう関係なのか、バー通りの厳重な警戒態勢の拘置所から穴を開けた形跡もなく、鍵《かぎ》も開けずに消え去ってしまったナンウェイ中尉の不思議な事件のことなど、私もコウ・セインヤも、もう考えたり語り合ったりすることはなかった。

こうして私は次第にナンウェイ中尉のことを忘れていった。警察でも容疑者の逃亡として必死になって探していたが、手がかりさえも見つからず、しまいにはこの件を無効にしたとは言えないものの、中尉の失踪《しっそう》当初ほどの熱意は失われたようだった。この事件が「捜査続行中」扱いとして記録されていることは聞いている。

こんな顚末《てんまつ》で、あの眉目秀麗《びもくしゅうれい》でりりしいナンウェイ中尉という若い士官は、痛ましくも、いずこともなく消え去ってしまったのだった。

＊　＊　＊

不幸をもたらす印、ジェーヤー

ある日、私は骨董品《こっとうひん》屋の店内でチビのワインマウンと一緒に、商品カタログと品物の照らし合わせ作業をしていた。店屋商売の常として、時々、品物はあるのに目録に書き入れ忘れ、そちらには載っていないということがある。

売れてしまった品物を目録から削除するのを忘れ、目録には載っているのに品物はないということもある。それで私は在庫目録をたびたびチェックしていた。在庫目録は正確だと言っても、それを商品カタログと照らし合わせる必要があった。それから今度は商品カタログと品物を照らし合わせるのだった。

それで私は商品カタログを手に、一方ワインマウンは商品が何かを言い、それにつけてあるカタログ番号を読みあげ、という具合に師弟共に忙しくしていた。そのとき、店内にひとりの若者が入ってくるとワインマウンのそばに行き、何事か小声でささやいた。ワインマウンは大いに私を恐れていたので、私からどなられるのも怖い、友達が知らせにきたことがらも何か重大なことのようすで、どうしたらよいのかわからないという体《てい》になった。それで私が、

「おい、ワインマウン、どうしたんだ。言ってみろ。さ、こっちへ来い」

と言うと、ワインマウンはおっかなびっくり私のそばへ寄ってくると、そのまま深く頭をうなだれた。彼に何か言いにきた若者も私のそばに来た。

「おい、どうしたのか言ってみろ」

若者はワインマウンの顔をちらりと見た。ワインマウンも若者の顔をちらりと見返した。

「こら、おまえたち、大人の質問に答えるんだ。それで初めて大人だって困ったことを解決してやれるというもんだ」

「そのとおりだよな、チビ公。言ってみろよ」

若者が私の弟分に言った。

「車にひかれちまったんです、先生」

「誰が車にひかれたんだ」

「ゴエットーです、先生」

「ゴエットーというのは誰だ」

「パゴダ横町の女の子です」

「おまえとどういう関係なんだ」

　ワインマウンは答えずにうつむいたまま。

「こら、言ってみろ」

と私がやや声を荒げると、ワインマウンの友人の若者が言った。

「あのう、先生。ゴエットーというのはワインマウンの恋人なんです。今朝、ワインマウンとおいらとゴエットーとでシュエダゴン・パゴダ[*12]へ行ったんです」

「パゴダ参りか」

「そうじゃないんです。ワインマウンがゴエットーの手に入れ墨を彫らせたい、と言って仲見世の一軒へ連れていったんです。おいらはそのお供です。入れ墨をし終わると、ワインマウンは先生との棚卸しの仕事があるから帰る、と言いました。ゴエットーはパゴダ参りをすると言うので、ワインマウンはおいらに彼女のお付き役をさせて帰ったんです。それでパゴダ参りの後、おいらとゴエットーも帰ろうと、カンドージー湖ガソリン・スタンドのそばまで来て、道を渡っていたとき、ガソリン・スタンドから出てきた車が彼女をひいてしまったんです。その車で彼女を総合病院に送ったところです。おいら、それを知らせにきたんです」

「ワインマウン、おまえなあ、聞いたこともないぞ。恋人の手に入れ墨を彫らせるだと？」

「もし、ほかの誰かと出会ってもおいらを忘れないように、と思って彫らせたんです、先生」

背丈も人より足りないが、頭のほうも実に思慮が足りないワインマウンは、私にとってはおかしな道理としか思えない言い訳をした。

「自分の恋人だろう。そんな入れ墨をしないとおまえを覚えていないだと？　ちょっと待てよ。おまえ、その女の子の手におまえの名前を彫らせたんだな」

「名前じゃないんです、先生。ある印です」

「なんの印だ」

「ほら、あの印ですよ。先生を見ておいらも描いてみた印です」

「ジェーヤーの印か。いやー、困ったことになったな」

私はワインマウンが恋人の手にジェーヤーの印の入れ墨をさせたと聞いて、不安な気持ちを押さえきれなかった。あの印は不幸をもたらす印だと私は感じていた。私が感じていたとおり、ジェーヤーは悪運をもたらす印であることがますます明らかになってきた。この印の入れ墨をした帰り道、ゴエットーもまた総合病院行きの身になってしまった。

私は自分にも責任があると思い、直ちに店を閉めるとワインマウンと友人の若者を連れて、ヤンゴン総合病院へ向かった。

私たちは病院内でさんざん苦労したあげく、気を失ったゴエットーが横たわっている寝台のそばに行き着いた。

意識を失ったゴエットーの腕に血のりをつけた小さなジェーヤーの印を見つけて、私はこれが手の甲に彫られていたら、彼女の運命は間違いなくもっと悲惨なものになっていただろうと感じ、その点についてはワインマウンに感謝した。

担当医に彼女の容態を尋ねると、心配することはないと言われたのでさらにほっとした。私はその日から彼女が退院するまでの七日間というもの、ワインマウンと共に毎日彼女を見舞った。ゴエットーは花売り娘をしながら年老いた母親を養っている身の上だったので、彼女が仕事に出られない間、私は母親の食費として百チャット、彼女自身のために百チャット出してあげた。

ゴエットーが退院した日、私はワインマウンと一緒に彼女を迎えに行き、それからシュエダゴン・パゴダの入れ墨屋へ連れていった。そして、ジェーヤーの上に花模様の入れ墨をさせ、ジェーヤーの形がわからないようにした。

ゴエットーは貧しい暮らしはしているが、整った顔立ちをした美しい娘だった。背は低く、反っ歯で目と目の間もくっつき過ぎている醜男《ぶおとこ》で、何をやらせても頼りにならない私の弟分であるが、恋人作りに関してはなかなか隅に置けないと、私はワインマウンを見直した。

ゴエットーを元気づけようと、ワインマウンと結婚するときには、私がワインマウンの親代わりとして、りっぱな式を挙げさせてあげようと言うと、彼女のほうは大げさに態度を変えることはなかったが、ワインマウンのほうは、まるで生きたまま天人天女の国に上っていくような喜びようだった。

ゴエットーが退院して間もなく、私はまたジェーヤーにまつわる不思議な体験をすることになった。

私の親友で、道路工事の親方をしているウー・サンインの奥さんが病院で出産後、そのまま亡くなったという知らせを聞いて、彼の家を訪ねた。ウー・サンインが、妻が出産のため十分な体力がつくようにと、イギリス製、アメリカ製、中国製の妊婦用栄養剤を買い求めて飲ませてきたのに、と言ってそれらの薬瓶を見せてくれた。

注意して見てみると、そのうち中国製だという「P」の印を貼《は》った瓶は、なんということか製造元の社標にジェーヤーの形を使っていた。

私はその瓶を手にしてウー・サンインに言った。

「非科学的だと思ってくれるなよ、ウー・サンイン。この印は縁起の良いものではないんだ。この瓶は捨てたほうがいい。奥さんが亡くなったのはもちろんほかにははっきりした理由があることだろう。だけど、この不幸の印のしわざというのも原因のひとつだと僕は言いたいね」

ウー・サンインは同意するでもなく否定するでもない顔つきで私を見ていたが、そのそばに座っていたひとりの青年が瓶に手を伸ばし、それを眺めると、

「そうですね、ウー・サンイン。私としても、妊娠中の女性が飲む薬にPで始まる名前がついているのはあまり感心できません。Pというのは、プルートー即ち冥王星《めいおうせい》の印ですからね。冥王星は大きな黒犬の姿を借りて、お母さんたちのおなかにいる胎児を食い殺す、と西洋占星術

でも言われています。それでこの印は、妊娠中の女性たちにとってはよくないものなんです」

この青年は私のジェーヤーに関する話に賛成したわけではないが、Ｐの文字がついているからこの薬は妊産婦には不適当だと言い、ともかくも妊産婦とＰが合わない理由について証拠も挙げながら述べた。私のほうは、ジェーヤーの印は縁起が良くないとは言えるけれども、なぜ縁起が悪いのかということについては、この青年と違ってきちんと説明することができなかった。

文献にあたることなく知識人に対してものを言うなかれ、という処世訓[*13]の言葉を思い出し、私は大いに恥じ入った。

これはまずいと思ったとおり、青年は聡明《そうめい》そうな顔で私に、ジェーヤーが不運の印だという理由を聞いてきた。私は間抜けか寝ぼけ者のよう。まともに答えられず、大勢の前で面目丸つぶれとなった。

後で調べてわかったことは、その青年はエイカンタ占星術協会[*14]の有名な占い師、ティンアウンルインその人であった。

ウー・サンインの家から帰ってくると、私はジェーヤーという印の意味を徹底的に調べようと思いたった。

そして、そのために五千チャットを上限として資金を用意し、調査計画を立てることにした。

＊　＊　＊

ジェーヤーの意味を知る聖者

私はナンウェイ中尉に片手首を切断された若いインド人女性を訪ねて、チャウセーへ行った。ジェーヤーの魔力とは何なのか、何としても調べてみようと決心して以来、私はこの印に関することならひとつ残らず手に入れてみるつもりで手がかりを追っていた。

チャウセー市に着くと私は警察署へ行き、ナンウェイ中尉関係のファイルを見せてもらおうとした。初めは公開するのを渋っていた関係者も、私が切った札びらの力で円満に事が運び、みなすっかり協力的になって、私は署内で「先生、先生」と、まるで警視総監のような待遇を受けた。

そのファイルを見て、私は被害に遭った女性の名前と住所を書き写し、その住所へ訪ねていくと、もうチャウセーにはおらず、シュエニャウン[15]に引っ越していったことを知った。被害者の名前はダタナーといった。

私はそれ以上チャウセーで時間を無駄にしたくなかったので、シュエニャウン市へ向かった。着くと彼女が住むと聞いていた、BOC[16]のそばの地区で、ダタナーという片手を失ったインド人の若い女性はいないかと探してみたが見つからなかった。なかなか上手なミャンマー語を話すひとりのインド人が、彼女はつい最近タウンジーへ越していったと教えてくれたので、私はさらにタウンジーへ赴いた。

シュエニャウンとタウンジーは山の麓《ふもと》と上の違いだけなので、タクシーで行ってもそれほど時間はかからない。ところが乗ったタクシーが途中、カインマ・イェードエッという場所に近いところで故障して動かなくなったので、そこで何時間も過ごす羽目になってしまった。私は車から降り、山裾の方の景色を眺めていた。車道の片側の岩壁にふと目をやったとき、私はぎょっとした。道路工事人夫たちがコールタールで落書きしていったらしいジェーヤーの印が残されていたのだった。

人夫たちにとっては特に意味もなく、余ったコールタールで戯れに描いたもののようだった。彼らはこのいたずら書きが不運を招く印であるなどとは、思ってもみなかったのだろう。

そんなことを考えているとき、坂道の上からやってきた大型車がブレーキに故障を起こし、そのまま修理中の私のタクシーめがけて突っこんできた。私のほうは車からだいぶ離れたところにいたので無事だったが、修理をしていた運転手の身が心配ですぐさま駆けつけると、彼も機敏な行動のとれる若者のこと、危機一髪で難を逃れていた。私はそばに残っていたコールタールで元の形がわからなくなるまでジェーヤーの印を塗りつぶし、ちょうど通りかかったほかの車で山頂のタウンジー市へ向かった。

タウンジー市に近い喫茶店に寄った私は、市内でインド人住民の多い地区はどこか聞いてみた。映画館の界隈《かいわい》にはインド人が多いと知って私はそこへ行き、片手のないダタナーという娘がいるかどうか尋ねると、じきに彼女と会うことができた。

＊　＊　＊

ダタナーは二十五歳くらいのたいそう美しい南インド系女性だった。私の質問に対し、初めは恥ずかしがって答えようとしなかったが、百チャット与え、機嫌を取って話しかけると彼女も話し出してくれた。私はヒンドスタニ語はそこそこにできるが、彼女の言うことはよく理解できなかった。それで、ミャンマー語の達者なインド人を探し出してきて、お礼に二十チャット払って通訳をしてもらった。

「私は小さいころ、メイミョウに住んでいました。ある日、私のうちのあった通りにひとりの女性がやってきました。彼女は誰か人捜しをしていたんです。とてもきれいな女性で、その手にはこのような入れ墨がしてありました。私はその女性にすっかりあこがれてしまいました。その女性は私たちの通りからまたいなくなりましたが、私は泣きながら祖母に、私の手にもあの形の入れ墨をしてほしいとおねだりしました。祖母は私をとてもかわいがってくれていたので彫り師を呼んで、私が描いたとおりの形の入れ墨をさせました。それから私がもう少し大きくなったとき、ヒンドゥーの行者がおひとり、私のうちに托鉢《たくはつ》においでになりました。それで、私が戸口に出てお米をおささげしますと、私の手の印を見て大変悲しそうな顔をされ、神様にお祈りしてくださいました。私の祖母にも誰がこのような入れ墨をさせたのかと聞き、祖母が事情を話すと、行者の先生は私の祖母をしかりました。子どもにねだられてしてやっただって？　この印はいつかこの子の手に何か悪いことをもたらしますぞ、とおっしゃっていたのを私は今でも覚えています。でも、ともかく私としてはこの印を大切にしてきました。それで私の切られてしまった手からこの印の部分の皮膚をはがし、今もとってあるんです。ほら、これです」

ダタナーはロングブラジャーの胴の小さな内ポケットから、紙に包んだ皮膚の切れ端を取り出して見せてくれた。そこには小さなジェーヤーの印が認められた。私はダタナーが大変不憫《ふびん》に思えた。それにこの皮膚を今も持っていることで、彼女の身の上にさらに何か不幸が起こるのではないかとも思われたので、なだめすかして彼女にその皮膚を捨てさせた。

ダタナーは、小さいころから入れ墨のあるほうの手をよくけがしたとも言った。彼女にほかにどこかでこの印を見かけたことはないかと尋ねると、日本から輸入された電球の梱包《こんぽう》の箱についていたと答えた。

彼女と会ってからの帰途、私がずっと考えたことは、ジェーヤーの形を描き添え、「この印について知識のあるかた、乞《こう》連絡。詳しく正確に説明してくださるかたには謝礼千チャット」と新聞広告を出したら、誰か知識のある者が連絡してくるのではないか、ということだった。

それで私はヤンゴンに戻るとすぐに新聞社の印刷所に向かい、この印のデザインを描いてもらって、私の郵便局の私書箱番号と共に新聞広告を出した。

一週間そして二週間と毎日、新聞に掲載し続けたが、この広告に問い合わせをしてくる者は誰ひとりとしていなかった。

しかし、「苦あれば楽あり」[*17]の言葉どおり、最後の日、手紙を送ってきた者が現れた。開封して読んでみると、新聞広告を見たのでこの手紙を送ったこと、この印については自分だけではなく自分の先生にあたる人も知っていること、自分の恋人の腕にこの形の入れ墨を彫らせたために彼女は交通事故に遭ってしまったこと、そして、約束どおり謝礼の千チャットを早急に送ってくれるように、と書かれ、その下にはマウン・ワインマウンと署名してあった。

私の浅はかな弟分、チビのワインマウンは私が新聞に出した広告を見つけ、これで千チャット頂きだ、とこの手紙を送ったのだった。広告には郵便局の私書箱番号しか書かなかったので、私が依頼人だとは夢にも思わなかったのだろう。

私は手紙を読み終わるとワインマウンを呼んだ。

「おい、おまえに手紙だ」

と言いながら、その手紙を差し出すと、うれしそうに受け取った彼はそれを読み、

「先生、この手紙は新聞の広告を見て、おいらが送った物です。どうしておいらのところに戻ってきたんでしょうねえ」

と聞いてきたので、私は笑いをこらえきれずに、

「広告を出したのは俺《おれ》だ。おまえの手紙は俺のところに届いたんだ」

と言うと、間抜けなワインマウンもさすがにばつの悪そうな顔をして言った。

「おいら知らなかったんです。これで千チャットもうけた、と思ってこの手紙を出したんです」

こうして、新聞広告でジェーヤーの印についての情報を集めようとした努力も徒労に終わり、

がっかりしかけていたとき、私は思いもかけずそれは不思議な聖者に出会った。

ある日、私はある友人の父親が入院したと聞いて病院へお見舞いに行き、その帰り道、ティンジー市場のそばの路上で大変に年若いひとりのヒンドゥー行者を見かけた。かなりの年のヒンドゥー行者だったら見たことがあるが、まだ二十五そこそこのその行者を見て私は驚いたどころか、敬意を払わずにはいられなかった。

そこは牛乳市場通り[*18]のそばのカーリー母堂寺院というカーリー女神[*19]を祀《まつ》る寺からも近い所だった。威厳を漂わせて座っているその行者の姿に心をうたれた私は、何かお供えしたい気持ちになり、バナナを一房と殻を取り除いた椰子《やし》の実をひとつ買って行者にささげた。

近くでよく見ると、その若い行者はほとんど黄金色の肌に、整った目鼻立ちをしていた。黒黒としたやや縮れた髪を頭上に束ねてあるのも好ましかった。私から供え物を受け取る彼の手に目をやると、細くしなやかな指をしていた。

行者は目を伏せたまま「よきことかな、よきことかな」と発音も正しくミャンマー語で祝福の辞を述べてくれたので、私は鳥肌が立つほどのうれしさを感じた。

「入り用の物があったら言ってください。奉仕させてください」

「満ち足りております」

この行者はそこらのミャンマー人よりずっとミャンマー語ができることを私は悟った。私は供え物をささげた後もその場にとどまって行者のそばに座り、「この落ち着いたお姿を見たところ、道に励んでおられる尊いおかただな」と考えた。私は行者に話しかけた。

「いつもどこで修行しておられるのですか」

「出家して波羅密《はらみつ》の成就を目指す道のことなれば、このようにさすらっております。決まった場所などどうしてございましょう」

「ミャンマー語ができるようになってもう長いのですか」

「長いです」

「私めのために、少し法の道でも説いていただけないでしょうか」

「宝島に行ったなら、価値のない土くれを持って帰ってくるべからず。憂いとは欲のことなり。すべてを捨て去れば苦しみは軽くなります。人間の苦しみにはふた種類あり。ひとつは元来苦悩という。たとえを挙げれば、空腹になるということ、これは苦しみですね。でも、この苦しみは自分で作り出したものではありません。自然になってくるものです。これが元来苦悩です。もう一つの苦しみとは、余剰苦悩という。それは、空腹になれば食事をすればよいのですが、バターライスが食べたい、赤飯でなければ、ココナツ・ミルク・ライスでなければ、という欲望が余剰苦悩です。元来苦悩を欲望という。余剰苦悩を貪欲《どんよく》という。これを理解すれば、そしてそのように暮らせば苦しみの大荷物は少しは軽くなるでしょう」

私は説法を聞いて、この年若い行者にさらに畏敬《いけい》の念を抱いた。苦しみの本質についての説明も、凡人でもわかるように実に明快ではないか。

「さあ、ほかに何か知りたいことは」

「行者の若先生、印というものが人に苦しみを与えることはありますか」

「苦しみを与えるものもあるし、幸運を与えるものもありますよ。たとえて言えば、患者にとって赤十字の印は幸運を与える印です。助けが得られるという印です。受験生にとっては試験のとき、解答用紙に大きな赤い十字の印があれば、それは試験に落ちたという縁起の良くない印になります」

行者はそう私に説明してくれた。彼の説明はじっくり考えれば考えるほどに深みがあった。別の言い方をすれば、この世にあまねく道理というものは、あるものは正しく、あるものは悪いことだ、という法則ではないことを私に教えてくれたのだった。

「この印は良い印ですか、悪い印ですか」

そう言って私は白紙を取り出し、そこにジェーヤーの印を描いた。

「これはジェーヤーという。多くの人にとっては害になる印、縁起の悪い印です。聖者になろうと修行している者にとっては、これは幸運の印です」

行者は私から紙を受け取ると、ひとつの小石を重しにして自分の前に広げた。

「この印がなぜ多くの人に悪運をもたらすのか、ちょっと教えてもらえませんか」

「そんなに知りたいのなら、こちらも話さないと。あなたはこのためにずいぶん苦労しているお人」

「そうなんです、行者の先生」

「四角の形は健康に関係しています。この印は四角形を二つ合わせて、心と体の健康を表します。しかし、どの角にもついている小さな丸には、否定するという意味があります。だからこの形は心も体も不健康、という意味になります。それから、八つの角にゼロが八つあり、この丸い形と角になった形もお互い合いません。だから敵対するという意味があります。そして八という数はある悪い精霊がつかさどっている数字ですから、この印は人々に害を与えるのです」

行者が私にこう説明してくれている間、彼の前に広げられたジェーヤーの印の紙の上に、道行く人がバラバラと賽銭《さいせん》の雨を降らせていき、わずかの間に八十チャットほどの金額が集まった。

私は行者にナンウェイ中尉のことも聞いてみようと考えて話し出した。

「私には若い軍士官の友人がいまして、その彼が……」

「さあさあ、もう十分。お答えできません。それはあなたにも関係のないこと、私にも関係のないこと、お答えするのもはばかられること、お聞きになりませぬよう」

行者は私の言葉をさえぎると、どこかの言葉で何事か唱えだした。見たところ私のために祝福の言葉を述べてくれているようだった。帰り際にその行者に名前を聞くと、「ゼイ」という名だと答えた。

若き行者ゼイと会ったおかげでジェーヤーの印の意味がわかり、後は私は誰にもその意味を問う必要がなくなった。

その後も私は行者ゼイに会いたくて、牛乳市場界隈《かいわい》に行くたびに彼の姿を探したが、二度と会うことはなかった。

しかし、ジェーヤーの印の知られざる意味を親切に教えてくれた、若き行者ゼイのことを私は決して忘れることはできなかった。

一方、私は頭にこびりついて離れなかったジェーヤーのことを忘れ去ろうと努力して、やがてかつて自分がこの印と大いにかかわりがあったことすら記憶から遠くなっていった。

ジェーヤーの代わりに私は心に「若き聖者」という印を得たのだと言えよう。

その三　大学生チョーカイン

ナンウェイ中尉のこともほとんど忘れかけていた。あれから一年あまりもたっていた。しかし再び私にマヌサーリーのことを思い出させるような、ある出来事が起こった。それは私の友人で裕福な精米所経営者のコウ・フラマウンが、サク市に新しい精米所を作る下準備のためどうしても、と言って私に同行を求めたことに始まる。

サクはエーヤーワディー河の西岸にある、小さいながらも有名な町である。盲目の二人の兄弟王子、スーラー・タンバワとマハー・タンバワが、サンダムキ羅刹女《らせつによ》によって初めて治療を受け、目が見えるようになった場所なので、癒し始め、即ちサクと呼ばれるようになったと言われている。[*1]

サンダムキ羅刹女は、その乳房をも切って仏陀《ぶつだ》にささげたという、大変な献身の功徳により、後にはミャンマーの有名な賢帝ミンドン王[*2]として生まれ変わっている。

この町は、ミャンマー史上の大泥棒ンガ・テッピャーをひっ捕らえた、人徳あり知恵にも満ちたインワ王、ダドウミンビャー王[*3]がその生涯を終えられた地でもある。「王朝五代、シンボウメー」と王朝歴代史で名高いシンボウメー王妃[*4]が、この世に生を授けられた地でもある。

またここは、ゴータマ仏陀《ぶつだ》が片足の足跡を残された地でもある。そして「出戻り女はサクで髪切るべし」と、美しい髪にあこがれる人々が言っている、少々髪を切れば豊かな髪が生えてくるという土地でもある。[*5]

「長生きだってできますように、マン山の陰に寄りつつ」という、縁起かつぎの戯《ざ》れ歌《うた》に出てくるマン山とはマンダレー丘陵のことではなく、サクのセットーヤー・パゴダがあるマン山をさしており、長寿祈願をする者にとってはそうそう忘れるわけにはいかない場所でもある。

このように古代の仏教史、王統史、民衆史から精霊の歴史にまでゆかりの深いサクの町に、私は成功した工場経営者コウ・フラマウンと一緒に精米所建設の仕事でやってきた。そして、それは私の曖昧《あいまい》になりかけていた記憶の中から「マヌサーリー」という言葉を、またくっきりとよみがえらせることになったのだった。

＊　＊　＊

サク市での私とコウ・フラマウンは、地元の有力な米穀仲買人ウー・トゥートーの借りてくれた家に気ままに住まいながら仕事をした。また、初めての土地だったのでシュエセットー・パゴダにミンブーのナガボッ山、レーガインのチャウントーヤ・パゴダなど付近の名所旧跡も訪ねたが、じきに見物するところもなくなってしまった。それで泊まっていた家にこもって、精米所建設の仕事に専念することになった。

ある夜、強力なダイヤモンド印電灯をこうこうとつけて、私とコウ・フラマウンは精米所開設にかかる費用の見積もりを出していた。

私たちは夜の更けるのも忘れて作業に夢中になっていたが、マン川を渡って冷たい夜風が吹き込んできたので、二人とも申し合わせたように机の上の時計に目をやった。しかし、ねじを巻くのを忘れていたので時計は夜九時すぎで止まっており、私たちはいったい今が何時なのかわからずにいた。

「さてと、お茶でも飲んで寝るとするか。午前一時ぐらいにはなっているだろうよ」

コウ・フラマウンはそう言いながら書類を重ねて片づけた。そして、魔法瓶の番茶を茶碗につぎ始めたので私も書類をしまった。

二人ともお茶を飲み終わると、コウ・フラマウンは氷山印のたばこ「グレイシャー」をくゆらせた。私はウー・チャウロン屋の一ピャー[*6]で二本買える、ゴリンジー式のインド薬草葉巻をくわえ、マン川から吹いてくる風のひんやりとした冷気を味わった。

そのとき、はるかかなたの方から弱々しくバイオリンの音色が聞こえてきた。私たちは目を閉じてその音を聞き取ろうと神経を集中させた。

その音はあまりにも遠くから聞こえてくるために、風向きによっては時々聞こえなくなった。

それで私たちの聴覚は、かすかに聞こえるその調べをなだめつつ、こちらへたぐり寄せようと務めた。それはあたかもピンと張った一本の糸で深い古井戸の底から宝物をつり上げていくかのよう、張りつめた心の糸で聴覚の及ぶ範囲へその音をたぐり寄せる行為だった。

驚いたことに、私たち二人が一心に神経を集中させたのに逆らえないかのように、そのバイオリンの音は次第次第に近づいてきた。

かなりはっきり聞こえるぐらいバイオリンの音が近づいてくると、歌声も一緒に聞こえてきた。その声はよい声とは言えないものの、歌詞の意味とバイオリンの音色、そして歌い方がお互いよく調和しあって、確実に何かの美を感じさせた。

その男性の声で聞こえてきたのは古い妻恋歌のひとつであり、歌えないのか、またはあまりにも歌いこんで必要以上にリズムを変えているせいか、原曲がわからないほど崩した歌い方だった。

コウ・フラマウンは、音楽については聞いて何となく楽しむ以上は特に関心を持たないので、バイオリンも歌もなかなかいいじゃないか、としか言わなかった。ただ私は、大学時代にバイオリン・コンクールで金賞を取ったこともあるバイオリン弾きでもあり、そのバイオリンの弾き方、指の使い方に注意して耳を傾けた。

バイオリンを弾く場合、バイオリンの首の根本の部分、低音部の音を主に弾くのがよい弾き方とされているが、このバイオリンの弾き手はあべこべに先端の方の部分ばかりを精一杯指で押さえ、和音を作り、響かせるだけ響かせるという弾き方をしていた。

ひとつの音から次の音への移り方は非常に穏やかだった。指使いだけはせめぐようにめまぐるしいが、音の流れは美しく、フタオビヒメコノハドリ[*7]が満開の花の森の中、花から花へと飛び回っていくのが目に浮かぶようなのどかささえ感じられた。

バイオリンを弾くときは、左手は弦を巧みに押さえる指使いができて、右手は巧みに弓が使えて、そして両者がぴったりそろえばよい演奏になるとされている。

このバイオリン奏者はスロー・テンポで弾いても、アップ・テンポで弾いてもそれを達成していて、リズム感にも優れたものが感じられた。それ以上に、習えば身につくという性質のものではない、天性ともいうべき音楽の才能を感じさせ、その音色は聞くほどに味わいがあった。

実際、その奏者は手でバイオリンを演奏しているのではなかった。心で演奏しているのだった。口先で歌っているのではなかった。心の奥底の痛みから歌っているのだった。それほどまでに私はこの演奏と歌には驚嘆した。

これまで私が名バイオリニストだと思っていた、バイオリン仙人と呼ばれたコウ・ボウンゴウも、バイオリン・マウン・ハンウィン[*8]も、今、聞こえるバイオリンの前には、かわいそうだが彼らのあらが目立つだけ、いっそバイオリン弾きをやめたほうがいい、とさえ言いたくなってくるようだった。私としてもこの演奏を耳にして、私もバイオリンを弾きますなどと、とても言えない気持ちになってきた。

こんなバイオリンの音色を聞いてしまうと、この先きっとどんなに達人と呼ばれる人の演奏を聴いても、私の耳には上ビルマ[*9]の農民たちの牛車の車輪がたてる、ギーギーという耳障りな音のようにしか聞こえないことだろう。

「うーむ、これは。なんてすごい腕前なんだ。聞いているとなんか胸の奥がこう、泣きたいような気持ちになってくるな」

音楽のことはわからない、と私がたかをくくっていたコウ・フラマウンでさえも心を激しく揺さぶられているさまを口にした。私は何か口に出すとこの味わいをぶちこわすのではないかという気になり、黙って少しうなずくと、また続けて音楽のほうに耳を傾けた。

そのとき、歌のほうが終わりになり、バイオリンのほうもそれにあわせて少しサビのメロディーを奏で、終章のメロディーを弾いて演奏を終えた。ここで私も初めて口を開いた。

「そうだな、コウ・フラマウン。実にすごい腕前だ。いや、僕もここまですごい腕前は今まで聞いたことがないね。なあ、こうしないか。曲がこの近くで終わったということは、弾き手はこの近くにいるはずだよな。ちょっとその本人を探しに出てみないか」

「そりゃいい考えだ」

話しながら釘《くぎ》に掛けてあったセーターをコウ・フラマウンに放ってあげ、私はブレザーを着込んだ。

そのとき、とりあえず閉じてあった庭の木戸を押して開ける音が聞こえた。見るとそこにバイオリンを抱えた男がひとり立っていた。

「ちょっと寄らせてください。僕は怪しい者ではありません。僕はカーリーと申します」

木戸のところから男が私たちに話しかけてきた。

「さあ、こっちへどうぞ」

コウ・フラマウンがそれに答えたので、男は品のよい物腰で戸口へ歩いてきた。三段ある入り口の階段の真ん中の段に脱いだ履き物を置くと、私たちのそばにやってきた。

「まあ、座りたまえ」

とコウ・フラマウンがいすをすすめながら言った。

「明かりが見えたもんですから、僕は深夜営業の喫茶店かと思ったんです。でも近くに来たら違っていたことがわかりました。できれば、一本か二本、たばこをもらえますか。売るとおっしゃるなら買ってもいいんです」

その男は座るなり、自分の要望をよどみなく言った。私とコウ・フラマウンは興味を引かれてその男の姿を観察した。

「買わなくていいよ。たばこと薬草葉巻があるから好きなのを吸いなさい」

コウ・フラマウンが男の前にたばこの箱と薬草葉巻を置いた。

「僕は薬巻を吸うんです。たばこを吸ってもいいんです。薬草葉巻はあのにおいが全然だめなんです」

彼はそう言いながら、コウ・フラマウンの氷山印のたばこを一本取り出し、それに火をつけて一服した。

年のころは私たちの半分くらいもない若者だった。二十歳を少し過ぎたぐらいである。その肌は、色白というよりは黄みがかった肌といったほうがいいだろう。

体つきは幾分きゃしゃな感じだったが、鋭い眼光、引きしまった口元、すっと通った鼻筋から、決して意志の弱い性格ではないことが見て取れた。

額にやや乱れてかかる黒々とした髪、濃い眉《まゆ》にまつげも彼を整った顔立ちに見せていた。彼の手に目をやると、長くしなやかできれいな指をしていた。私は彼のバイオリンにすっかり感心していたので彼自身のことについても興味がわき、少し質問してみた。

「君はこちらでつけていた明かりを終夜営業の店だと思ってやってきた、と言ってたけど、じゃ、この町の人じゃないんだね」

「そうです、おじさん。僕はヤンゴンから来たんです。ここに来てまだ三日です」

「仕事は?」

「僕は大学に行ってるんですけど。教養課程です。でも、大学に行かなくなってしばらくたちます」

「ああ、そう……名前はカーリー君だったよね」

「大学ではチョーカインって呼ばれてます」

「君のバイオリンの腕前はすごいねえ。いい先生たちについて習ってきたんだね」

「はい……ずいぶん練習しました」

「マウン・カーリー、お茶でもどうだい」

コウ・フラマウンが魔法瓶の番茶をついですすめた。マウン・カーリーはバイオリンをテーブルに置き、茶碗に手を伸ばしてそれを飲んだ。茶碗の湯気と彼の指に挟まれたたばこの煙が混じり合って立ち上っていった。マウン・カーリーはそれを見上げながら、何かほかのことを考え出したことを私は知った。

なぜなら、私がバイオリンの弦をどのように調音したのかと質問しても、彼には何も聞こえないかのようだったから。

それで私はテーブルの上のバイオリンの弦を指ではじいてみて、ひどく驚いてしまった。どんな楽器でも高音、低音が出せるように調音するものである。たとえばバイオリンを例に取れば、ある弦をはじけば「ビン」という音が出て、ある弦をはじけば「ピン」という音を出す。ほかの弦をはじけばまたほかの音色が出る。しかし、このバイオリンは四本の弦が四本とも同じ音程に調音されていて、どの弦も「ビン、ビン」と鳴るばかりであった。

すべての弦が同じ音程にチューニングされていては弾けないはずである。このマウン・カーリーがチューニングしたバイオリンでは、世界で初めてバイオリンを発明したとされる楽聖モーツァルトでさえも弾けるはずがないではないか。

私がつま弾いた音でマウン・カーリーも我に返って私にほほえみかけた。

「マウン・カーリー、この調音の仕方は……」

「ああ、おじさんはバイオリンにご興味をお持ちなんですね。これはこういうことなんですよ。この調音法は僕がしたものではなく、僕の先生たちがしてくれたんです」

「君の先生たちとはどういうかたかね」

「第一弦を調音してくださったのは東の方角をつかさどる自国天です。第二弦は西の方角をつかさどる広目天《こうもくてん》、第三弦は南の神、増長天《ぞうじょうてん》、残りの弦は北の神、毘沙門天《びしゃもんてん》[*10]がしてくださいました」

私とコウ・フラマウンは思わず顔を見合わせた。コウ・フラマウンは驚きで目を丸くして私を見つめた。といって私も何と答えたらよいものやらわからなかった。

「君は遊びでこの土地へ来たのかね」

「違います。僕は恋人のヌヌイーを探しに来たのです」

「君の恋人はこの町の人なのかい」

「その道の本では、マン川のそばのジャングルの中とされています」

「君の恋人はジャングルで何をしているのだね」

「彼女は仙人なんです。女仙人です。若い女性仙人ヌヌイーなんです」

「ええっ」

私とコウ・フラマウンは思わず同時に「ええっ」と声を上げてしまった。私たちは「化けの皮がはがれる[*11]」という言葉どおり、マウン・カーリーは見た目は正常ながらも、実は狂った心の持ち主であることを知った。私は彼を憐《あわ》れまずにはいられなかった。マウン・カーリーことマウン・チョーカインの親御さんはどんなに胸を痛めていることかと考えながら、その夜はあまり眠られぬ夜となった。

マウン・カーリーは、コウ・フラマウンが与えた氷山印のたばこの箱を手に礼を述べると、もし、彼がヌヌイーを見つけたら私たちのところに連れてきて紹介すること、ヌヌイーに出会ったらこの世のいかなる女性も醜女《しこめ》にしか見えなくなるだろう、ということをすらすらと英語でしゃべると外へ出ていった。

すぐにまたバイオリンの音色が聞こえてきた。その音色と前後して歌声もまた始まった。

探し、探し求めて……探し疲れて……時が過ぎゆくほどに……

探し疲れて、マヌサーリー……ああ……。

私は寝床の中で耳を澄ませてその歌を聴いていた。マウン・カーリーの胸をかきむしるような歌声は次第に遠ざかっていったが、私の耳の中では彼の歌声が相変わらず響いていた。何で彼の歌にはマヌサーリーという言葉が入っているのだろうか。

探し、探し求めて……探し疲れて……時が過ぎゆくほどに……

探し疲れて……マヌサーリー、ああ。

＊　＊　＊

翌日の午前中、私はコウ・フラマウン、それから土地の大手の米穀仲買人、ウー・トゥートーとその甥《おい》マウン・チョーセインと共に、サク市の入り口、ニーアマ・クナポー・パゴダのそばにある買収予定地の下見をした。

私たちは正午ごろに空き地の下見と測量を終えて戻ってきたが、いささかくたびれたので、幹線道路沿いにあるニーアマ・クナポー・パゴダの境内へ入り、みんなで腰を下ろして一休みしていた。すると間もなく、マン川の方から花を摘んで帰ってきた二人の女性が境内に姿を現した。お参りを済ませるとパゴダのまわりを一周し、私たち四人が座っている方に視線を向けてきた。二人のうち目立ってきれいなほうの女性が、

「おじさんがた、そこに座らないほうがいいですよ。蛇が多いですから。パゴダの煉瓦《れんが》の間によくいるんですよ」

と注意してくれた。私も礼を述べ、疲れたのでちょっと休んでいるだけで、すぐにまた行くからと言いかけていたとき、

「おい。ヌヌイー、僕だよ。……ヌヌイー」

幹線道路の方から聞こえた叫び声に振り向くと、昨夜のバイオリニスト、マウン・チョーカインことマウン・カーリーの姿があった。必死の形相で駆け寄ってくるマウン・チョーカインを見て、二人の女性もすっかりおびえてしまい、

「おじさんたち、何とかしてくださいよ。こんな風にもう二回も追いかけられてるんですよ。きのうだって追いかけられて、私たち買い物もできずに逃げたんです。きのう、追いかけられてから、私たちお寺のお坊さんにお話ししたら、それは厄除《やくよ》けをしなければって言われて、それでさっき厄除け祈願をしてきたのに、また会ってしまうなんて。あの人、私のことをヌヌイーって呼んでますけど、私の名前はキンキンジーです。私、小学校の教師をしています。おじさん、あの人が私たちを追いかけてこないように、しばらく押さえといてくださいね」

いくぶん早口に言うと、彼女たちはマン川の方へ走り去っていった。マウン・チョーカインが「行かないでくれよ、ヌヌイー」と叫びながら走ってきたところを、私とコウ・フラマウンとでつかまえた。

「マウン・チョーカイン、人違いだよ。君が探しているヌヌイーじゃないよ。彼女はキンキンジーっていうそうだ」

私は彼を押さえつけながらそう言い聞かせた。マウン・チョーカインはおとなしくせず、激しく抵抗してきた。

こうしてマウン・チョーカインが暴れ、私たちが押さえつけ、とひと悶着《もんちゃく》しているところへ通りかかった一台の車が止まり、車から降りてきた二人の男が私たちの方に向かって駆け寄ってきた。

ひとりは若く色白だが、たくましいといってよいほどの体格をしていた。細いフレームの金縁眼鏡をさりげなくかけ、私の見たところ、服装も何か王族の身内のような雰囲気を漂わせていた。

　マンダレー産の絹の上着の下にチュエオウ社の襟なしワイシャツをきちんと着こなし、下半身は風格を漂わせつつ、高そうなシュエダウン産ロンジーに包まれていた。[*12] またロンジーの着くずれ止めではなく、着なれた感じに腰には黒い皮ベルトを巻いていた。彼の顔立ちは見るからに人なつっこく、それどころか、社会的地位の高さに伴って現れる尊大さといったものも感じられなかった。

　そのとき、私のそばに立っていたウー・トゥートーがあわててその人物の方へ駆け寄っていって声を上げた。

「これはこれは町長さん」

「やあ、おじさんたち、どうしたんですか。あっ、コウ・チョーカイン、おまえ、こんなところに来ていたのか。僕を覚えていないか。僕だ。マウンマウンだ」

　マウンマウンと名乗ったその若い町長はウー・トゥートーに話しかけたが、マウン・チョーカイのほうにこう声をかけ、自分が何者かもう一度言って聞かせた。しかし、マウン・チョーカインは、

「知らないよ。僕は誰のことも覚えちゃいないよ。覚える気もないよ。僕の知ってるのはヌヌイーというマヌサーリーのことだけだよ。放してくれよ」

私たちが手をゆるめると、マウン・チョーカインはマン川の方へ駆け下りていった。

「あいつは大学生なんです。大学に通っているときに心を病んでしまった、かわいそうなやつでね」

若い町長は表情を暗くして、ウー・トゥートーはじめ私たちに大学生マウン・チョーカインことマウン・カーリーの身の上をそう話した。町長の言葉を聞いて、私はバイオリンの達人、マウン・チョーカインの憐《あわ》れまずにはいられない身の上を思いやった。みんな同情して暗い顔をしていたが、私は彼ら以上に暗い気持ちになった。なぜなら、私もかつてコンクールで金賞を取ったバイオリン弾きであり、いわば同じ音楽仲間として、心底同情せずにはいられなかった。

「町長さん、いったいどうしてあんな風に狂ってしまったのか、お話ししてくれないかね。こちらのヤンゴンから来た客人たちにもわかるように」

「話すとなったら長くなりますね、これは。こちらのおじさんがたはまだすぐにはお帰りじゃないでしょう。お帰りになる前にもう一度お会いしましょう。今はちょっと行くところがあるのでこれで失敬します」

若町長コウ・マウンマウンはウー・トゥートーと私たち一同に挨拶《あいさつ》すると、止めてあった車の方へ戻っていった。

私たちもまだ痛ましい思いを抱きながらその場を離れた。コウ・マウンマウンは私たちへの約束を忘れなかった。私とコウ・フラマウンがヤンゴンへ帰らぬうちに、自宅での食事に招待してくれ、マウン・チョーカインことマウン・カーリーの身の上をつまびらかに話して聞かせてくれた。

「私とコウ・チーンゴエ、それからあのコウ・チョーカインは同級生だったんです。コウ・チョーカインは私とコウ・チーンゴエより一年早く大学に入学したんですが、教養課程で一年落第したので私たちふたりと同じ学年になったんです」

「で、どういうことであのように狂ってしまったんですか、町長さん」

「あいつには恋人がいたんです。夕方になるといつも恋人に会いに行くんだと言って、インヤー湖[*13]の方へ出かけていました。それで私とコウ・チーンゴエが、それじゃ、お前のいい人を俺《おれ》たちにも紹介してくれよ、と言うと、あいつは後で紹介するよ、後で、後で、と言って日を引き延ばしてばかりいたんです」

「ふうん、それで」

「それから三か月ばかりたって大学も休みに近づいたころ、お前の恋人に俺たちはまだ会わせてもらえないのかな、と言うと、あいつは、会わせてやるさ、明日は彼女の写真を撮るからコウ・チーンゴエ、お前のカメラを貸してくれないか、と言って次の日、コウ・チーンゴエの小型カメラ、ローライコードを下げて出ていきました。そして夕方になると帰ってきたので、私たち三人は一緒にフレーダン通りのフラロンスエ・カメラ店へ行って、そのフィルムを預けてきました」

「それからどうなったんですか。町長さん」

「現像済みの写真を受け取りに行くと、そこで問題が起きたのです」

「どうしたんですか」

私は待ちきれずに聞いた。

「こんなことって……フィルムまるまる二本分撮影したのに、あいつの恋人の姿はひとつも写ってなかったんです。店が現像してくれた写真を見てみましたよ、おじさん。記念大講堂、ダガウン学生寮前の大きな火炎樹の木とベンチ、アディパティ通り側の鉄格子の大扉、インヤー女子寮の煉瓦《れんが》の階段、それはもう、ありとあらゆる所、大学構内のあらゆる場所です。でも、コウ・チョーカインの恋人の姿はただの一枚も写っていなかったんです」

「どういうことで？　町長さん。私たちにはどうもよくわからんのですが。続けてください」

「私たちにもそのときは何が何だかわかりませんでした。コウ・チョーカインは私たち二人をからかっているんだろうと思いました。でも、その写真を見ながらあいつは涙を流し始めたんです」

「ほう」

「私とコウ・チーンゴエとで、お前、いったいどうしたんだ、説明してくれよ、と言うと……」

「うん、それで、それからどうなったんですか」

「お前たちに話してもどうせ信じてもらえないよ、と言って拒否したんです。私とコウ・チーンゴエが信じるよ、だから話せよ、どうして泣いてるんだ、と言うと、あいつも話し出してくれました。けれども、あいつが言ったとおり、私たちにはとても信じがたいことでした」

「信じがたいとは、いったい彼はどんなことを言ったんですか」

「お話ししましょう。コウ・チョーカインは、記念大講堂の写真を見せて、ここにヌヌイーを座らせて写したんだ、火炎樹の木の下のベンチに彼女を座らせ、それからアディパティ通りの鉄の扉に彼女をもたれかけさせて写したんだと言いました。けれど、現像してみたらヌヌイーは一枚も写っていないと言うのです」

「マウン・チョーカインは写真はちゃんと写せるんだろうね、町長さん」

「それはもう。あいつは大学の写真クラブとマウービン市の写真クラブでリーダー格でしたし、賞も取ったことがあるくらいですから」

「それじゃ、ヌヌイーの姿はどうして写っていなかったんですかねえ」

「だから、おじさん、こう言われてますよね。英語のことわざで『写真は作り話を語らず』って。写真は真実を映し出す、とね」

「うーん、確かに。それで、マウン・チョーカインは何と言ったんですか」

「始めに言っただろう、話してもお前たちにはどうせ信じてもらえないって。やっぱりお前たち信じてくれないじゃないか、僕のヌヌイーは本当にきれいな女《ひと》なんだ、人間どころか天女のようにきれいなんだ、あまりにもきれいで、美しすぎて、それで写真には写らなかったんだ。

あいつはそう言ったんです。これがまともな人間の言うこととは、私もとても思えませんでした。だからこのときから、あるいはその前からコウ・チョーカインは狂っていたと思わざるをえません。言い終わるとあいつは泣きながらそのまま外へ出ていきました。私たちもあいつを連れ戻そうとしたけれどだめでした」

「その後はどうなったんですか、町長さん」

「寮長や先生がたにあいつのことを知らせました。それから私とコウ・チーンゴエはヌヌイーという女子学生を捜しました」

「それで。なかなか面白い話ですな」

「その年、調べてみると大学にはヌヌイーという名の女子学生は二人登録されていました。その二人に会ってみたけれど、コウ・チョーカインどころかほかの男子学生にもほとんど知り合いのいない、やぼったい子たちでした。でもおじさん、こんなことがあったんです。私たちが入学する一年前に植物学科にヌヌイーという優秀な女子学生がいたんです。でも、彼女は腸チフスのため大学病院で亡くなってしまった。亡くなったときは最高学年の四年生だった。コウ・チョーカインが大学に入ったばかり、一年生のときのことですね」

「ほう、ちょっと奇妙な話になってきたようですね。じゃ、終わりまで話してください」

「もちろん。奇妙なというのは当たっています。そのヌヌイーという女子学生が亡くなったことを、大学側が彼女の残していた住所に知らせたのですが、その住所が間違っていたのか、何か理由があったのかはわかりませんが、誰も大学に来なかったんだそうです。それで大学側で茶毘《だび》に付した。そうそう、それで彼女が残していた住所というのが、このサク市なんです。今でもはっきり覚えていますよ。その後、私は大学を出て町長補佐としてまたこの土地に帰ってきたので、ちょっと小耳にはさんだようなことまでもじっくり調べ上げてみたんです。サク市タマディー地区で、大学在学中に腸チフスで亡くなったヌヌイーという女子大生のことを知っている者は、誰ひとりとしていませんでした。その地区ではそんな名前の人間の、そんな話はなかったということなんです」

「町長さんは私とちょっと似てますね。不思議な出来事というものに興味をお持ちなわけで」

「ええ、そうですね」

「で、マウン・チョーカインは後で見つかったんですか」

「見つかりましたよ。あいつの親御さんたちもやってきて、私たちに探してくれるよう頼んでくるし、ヤンゴンにある川はおろかどぶに至るまで探しましたよ。最後にターモエ墓地で見つかったんです。おかしなことに、おじさん、あいつが見つかった場所は古びた小さな墓の前で、その墓標には『マヌサーリー』と書かれていました。それから、あいつのようにやはり狂った男がひとりそばにいました。その男も近代的高等教育を受けたような感じでした。そうして真面目な顔をして私たちに向かって、マヌサーリーは俺《おれ》の恋人だ、彼女の切られた片手はチャウセー、ウェーブー山にある石の箱の中に隠されているんだ、あの手を取り戻せばこの墓の中で眠っている、マヌサーリー王女は生き返るんだ、と言ったんです。そうそう、その男の名前はナンウェイ中尉と言いました」

「わあっ」

私はその名を聞くと同時に驚きのあまり「わあっ」という声を漏らしてしまった。

「おじさん、話はまだ終わってないんです。コウ・チョーカインのほうもコウ・チョーカインのほうで、この墓の中で眠っている『マヌサーリー』は腸チフスで死んだ女子大生、僕の恋人ヌヌイーだ、と言うんです。お前たち、ヌヌイーことマヌサーリーを信じないのか、マヌサーリーは人間じゃないんだからな、仙人、女仙人なんだ、わかったか、今、墓の中にいるのは死んだからじゃないんだぞ、涅槃《ねはん》に至る道に入ったんだ、わかったか、お前たち、僕の言うことが信じられないのか、女仙人マヌサーリーは人の姿を装ってヤンゴン大学に来ていたってことが信じられないのか、信じられないのなら僕のそばに寄るな、と言って、あいつは私たちを追っ払おうとしたのです」

「それからどうしたんですか、町長さん」

「私とコウ・チーンゴエとであいつをなだめたりすかしたりしながら、親御さんのところに連れていきました。後で親御さんからあいつはダダーレイ精神病院[*14]で治療を受けていると聞きました。ひとつ驚くべきことは、あいつは狂ってしまってからバイオリンが弾けるようになったのです。彼に会うといつもバイオリンを抱えていました。それから、彼がいつも口にするようになった歌はこんな歌です。……おほん。……探し、探し求めて、探し疲れて、時が過ぎゆくほどに、探し疲れて、マヌサーリー、ああ……とこう歌って、バイオリンを弾いて、それを聞いていると私たちも何だか胸が切なくなってくるようでした」

この年若い町長もマウン・チョーカインの芸術に心奪われているようすだった。

マウン・チョーカインとナンウェイ中尉のみならず、私もすでにマヌサーリーという名前にすっかり心奪われてしまったのかもしれない。今やマヌサーリーの名はそう簡単には消せないほどに、私の脳裏にしっかりと刻みつけられていた。

ナンウェイ中尉、マヌサーリー、マウン・チョーカイン。彼らの名前は私にとって、もう寝ても覚めても忘れられないものになってしまった。

私はこれまで、決断力があって未練がましくするのが嫌いな性格で通ってきたが、こと、この三人に関しては、私の頭からどうしても追い出してしまうことができず、私自身驚いたほどだった。

何か考え始めるたびに、彼ら三人がドアを開かれ、招き入れられた客人のように、いつも私の思考の中に混じって現れてくるのだった。

結局、精米所建設計画は実現せず、私たちはその後、サク市とも若町長ウー・マウンマウンとも疎遠になってしまった。

その四

私と金銅合金の小壺《こつぼ》

ナンウェイ中尉、大学生マウン・チョーカインのことも、二人にかかわるマヌサーリーのこともう思い出さなくなった。親友のコウ・フラマウンもいろいろわけあって、サクには精米所は作らなかった。

私は弟分のマウン・ワインマウンと共に骨董品《こっとうひん》屋の稼業に埋没した日々を送っていた。店のために値打ちのある古い品々を探し出してくる仕事に忙しく、私には暇な時間などもなかった。ヤダナーギーリに連行された宮廷工芸官が、ワタンをはじめ若い女官たちの機嫌を直すべく作った贈り物、金銅合金の小壺。そのひとつがミャンマーに戻っていると聞きつけるやいなや、いかなる苦難ももののともせずに私は行方を追い、ついにこの手に収めた。

私の店にちょくちょく遊びに来る新聞記者のウー・テインマウンにこの話をすると、彼は絶対記事に書く、と言っていた。

ある日、私はウー・テインマウンに言った。

「新聞記者の先生、ケンブリッジ大学の教授がこの壺《つぼ》を三千チャット出しても買うって言ったんですがね、私はもうちょっともうけられるかなと思ってさらに値をつり上げたら、その後、三千チャットまで出すという客もいなくてね、そこでそのままこの品物はうちの店に留まりっぱなしになってるんですよ」

「教授先生も大きく出たもんだね。君の品物ももちろんしかるべき価値があるわけだからな。ちょっと見せてくれないか。私たちも一度じっくり見てみようじゃないか」

小壺を取り出すと、私とウー・テインマウンはその壺をしげしげと眺めた。そうやって眺めた回数もすでに一回や二回ではなかった。ウー・テインマウンは裸眼で見るのに飽き足りず、

「コウ・アウントゥン、虫眼鏡はないかね」

と言った。私はかなり性能のよい虫眼鏡を彼に渡した。ウー・テインマウンはダイヤモンドの鑑定をする宝石仲買人のように、小壺をたびたびひっくり返してはじっくりと観察している。

「おや、あったぞ、あったぞ」

「何があったんだね、先生」

「ほらここだ。花の下の方に何かあるだろう。な、な」

私もウー・テインマウンの示す場所を見てみたが、花の唐草模様のほかは何も見えなかった。

「花模様のことかね、先生」

「違う違う。花の下の唐草模様だ。この文字はタイェーキッタヤー時代のものより古いぞ」

「それなら、ちょっと読んでみてくださいよ、先生」

「僕にはとても読めないよ。文字だ文章だとわかったのも、なじみのラ文字、ヤ文字、ア文字が見えたからさ。うちにそのころの古代碑文を転写したものがあるから、つきあわせて読んでみよう。僕にわからなかったらウー・バインジー先生にご協力を仰いでみるさ」

「そりゃあいい。お早くやってくださいよ、先生」

こうしてその午後、ウー・テインマウンは小壺《こつぼ》に墨を塗り、紙にその文字の拓本を写し取って帰っていった。しかし、すぐには店に戻ってこなかった。

十日ばかりたってまたウー・テインマウンがやってきた。そして私に小壺の文の翻訳を書いた紙を差し出した。

羅漢という徳により
神通力を得てマヌサーリーと
会わせたまえ

この文について私はいろいろ思いを巡らせた。暗号として書かれた文であり、その隠された意味を知りたいと思った。その日、ウー・テインマウンは私と昼食を取ってから帰っていった。私は小壺のこの一文の意味を寝ても覚めても考えるようになった。夜、閉店してからもどこへも出かけず、この意味を考え続けた。

私はこう考えてみた。

羅漢という徳により、が理由となる。マヌサーリーに会えることが結果となる。しかし、まだどうにもふに落ちない。私は因果関係を想定してこのように考えてみたのだが、因果関係とはなにも大学に入ってから習った理論ではなく、子どものころ、僧院で修行していたときそこに聞かされた、お釈迦《しゃか》様の発趣論[*1]でもある。

英語の cause 理由を、ミャンマー語ではアチャウンタヤーと言い、パーリ語ではパスィーと言う。英語の effect 結果はミャンマー語ではアチョウタヤー、パーリ語ではピッサヨウッパンと言う。

それで、理由に結果、つまり縁起の法という考えに私はそれほど疎遠でもない。さらに理由に内在する「理由の威力」という概念についてもそこそこにわかっているつもりなので、小壺《こつぼ》に彫りつけてあった一文についてこう規定してみた。

羅漢という徳のある状態が理由となる。

マヌサーリーと会えることがその結果となる。これもまだうまくない。この因果関係の間で大いに原因と絡み合う「神通力」というものを得ていなくては、と考え直し、始めに「羅漢の徳」、次に「神通力を得る」、この二者の言葉を繰り返し繰り返し唱えてみた。それから「羅漢の徳」という部分に帰り、徳の字をつけず、羅漢という言葉ばかりを唱えてみた。「神通力を得る」という句についてては、神通力のほかは唱えずにいた。私もうまい答えが見つからないので、羅漢、神通力という単語ばかりを、神経を集中させて唱えていた。

「羅漢、神通力、羅漢、神通力、羅漢、神通力」

おかしなこともあるものだ。唱えているうちに私の体は震えだしてきた。ともかくそのまま唱えていると、十分もしないうちに、震える体で私は自分が机の上の白紙の束（謄写版で店の在庫一覧表を刷って、広告用のチラシを作るためのもの）を一枚また一枚と取って何事か書き始めたのに気がついた。しかし、その後はまったく記憶がなくなってしまった。そして気がついたときには、私はフールスカップ・サイズのその紙に何事か、きっかり二百ページ分も書ききっていた。

（作者の注：我が国の有名な画家、ウー・ゴエカインも死期を間近にしたころ、ちょくちょくこんな体験をしたということである。そして、そのようにゴエカイン翁が書き残した文は、翁が一字も読み書きできないはずの古い中国語であったという。翁はそうして中国語を書くたびに、チーミンダイン[*2]にある中国寺院の中国人僧侶《そうりょ》に見せて翻訳してもらった。そこには翁にどこそこに行くように、何々をするようにと、何かを勧める言葉がいつものように混じっていたという。このような現象を、ある超能力研究・実践者の一派は、「本質が現れること」と呼んでいる。）

私は自分でもまったくわからない言語で何か書き残していたのだった。ちょっと見たところでは、金銅合金の小壺《こつぼ》の表面にあった文字、初期のミャンマー文字のようなねじれた形の文字だった。中には幾何学的な丸や四角や三角形も混じっていた。

エジプトの象形文字のようなものも混じっていた。マガダ・ドウッティ、またはダッサマという一部の白魔術で使われるような形もあった。私も考えに窮して、しまいにはこの紙束を抱えて新聞記者ウー・テインマウンの元へと急いだ。

困ったことに、ウー・テインマウンの力ではこの文字を読もうとしてもとても歯が立たなかった。しかし、彼はこの上ない執念でこの文字の解読に取り組み、文化局、碑文局、大学の言語学科の教授といった人々までひとり残らず会いに行ってきた。しかし、やはり解読はできなかった。

「コウ・アウントゥン、これはもう僕の手には負えないな。君の書いた文字は、それこそ手がかりもつかめないほど昔々に使われていた文字なんだ。僕の感じでは、これは不思議な来世とかかわりがあるようだ。そういう方面に関係している誰かに会って判じてもらうようお勧めするよ」

ウー・テインマウンはそう言って、紙束もろとも私を放り出した。

私自身も自力でその後、この紙束に書かれた文章をきちんと説明してくれる者を探し求めた。そのときの私は、もし説明できる者からその代価を要求されたら、私の命のほかだったら何でもその願いをかなえてあげたいほどだった。

しかしながら、読める人間は誰ひとりとしていないのだった。その紙束を抱えて十か月ほどもたったとき、幸運だったのか悪運だったのかどうもわからないが、ある不思議な出来事が起こった。

机の紙束を前にしながら、私は浮かぬ気持ちで座って店番をしていた。そのとき、店内にアヘン中毒の中国人がひとり迷いこんできて、店の品物を見始めた。そのアヘン中毒患者は陶器の大型の花瓶のそばで立ち止まり、しげしげとそれを見ると私に聞いてきた。

「たんな、こりはいくらたね」

「千チャット」

またアヘン中毒患者は、銅でねじり模様を打ち出した軒下飾りを見ながら聞いてきた。

「たんな、こりはいくらて」

「二千」

それから、私のそばにある沙羅《しゃら》の大枝の化石に手を触れながら、

「たんな、こりは」

「九百」

それでもまだ飽きずに、大枝の隣り、私の机のそばに掛けてある虎の皮を縫い合わせて作った絵を見ながら、

「じゃ、こりはいくらて、たんな」

私はいいかげん腹が立ってきた。実際買う気もないものを、暇に任せて値段を聞いているだけの客に、私のみならずどんな商売人だって我慢ならないことだろう。

「こら、中国人。買えもしないのに、ただ値段ばかり聞いてどうするんだ」

「何を、この野郎。買えもしないだと。これを見てみろ」

いきなり烈火のごとく怒り出すと、その中国人はたすき掛けにしたぼろぼろのずだ袋の口を開けた。なんとその中には百チャット札の札束が詰まっていた。彼はまだいきり立っていて、つぎはぎだらけの上着のボタンを外すと、

「ここもよく見てみろ」

と言って胸をはだけた。その首には二十連は下らない数の太い金鎖が掛けられていた。鎖ばかりではない、その先には金細工のペンダント・ヘッド、上質の翡翠《ひすい》や猫目石やルビー、骨董品《こっとうひん》とおぼしき中国風の竜がデザインされた金貨などがぶら下がっていた。

私はそれらの首飾りを驚きと興味とでただ見つめているばかりだった。

「身なりが貧しいからって人を見下すなよ。わかったか」

と言って、彼は私の顔面にパンチを食らわせてきた。私も武術の訓練は受けてきたが、このときばかりは不意をつかれるわ、相手の意外な剣幕に押されるわ、防御の態勢も取れぬまま、そのまま後方へ倒れてしまった。

その中国人アヘン中毒患者は金・銀で私を驚かせただけでなく、細い竹笛ぐらいしかない腕

で百六十ポンド（約七十二キロ）はある私の体をノックアウトしてみせたのだった。

だいぶ長い間、私は気を失っていた。意識が戻りかけのもうろうとした状態になってきたとき、若い女性のこの上なく優しく美しい声が聞こえてきた。

「バハン[*3]の中国寺へお行きなさい。リンク通りの方から坂を登ってお行きなさい。坂のそばには小さな泉があるでしょう。その泉の水で顔をお洗いなさい。ウェイ・ルー・ウィンという中国人の和尚さんにきっと会えることでしょう。和尚さんにあなたの原稿をおささげなさい」

私はまだその声の聞こえているうちに、必死になって目を開けてみた。声の主はおろか誰の姿も見えなかった。それで私は「今、聞こえたことは本当だろうか」といぶかった。中国人のアヘン中毒患者もすでに店内から姿を消していた。

しかし私は躊躇《ちゅうちょ》することなく、マウン・ワインマウンに店を閉めさせ施錠すると、バハンのリンク通りの方へと向かった。

リンク通りの通る丘の上に、シュエダゴン・パゴダの方に続く未舗装の小道があった。人通りのほとんどない小道なのでちょっと不安な気持ちがした。けれども後に引くことなくその小道に入って歩いていくと、坂道のそばに飲み水壺[*4]が置かれているのが目に入った。壺のそばには小さな泉もあった。

その泉の深さは一肘《ひじ》尺（注：肘から指先までの長さ。約四十五センチ）程度しかなく、直径も目の詰まった篩《ふるい》ぐらいなものであった。泉の回りはたくさんの火打ち石で囲まれ、コンクリートで固めてあった。泉の中をのぞくと、ちょうど私の上着の胸ポケットに入っていた五ムー硬貨が転がり落ちた。水底に落ちた硬貨をのぞいてみると、花模様の側が上になっているのがくっきりと見えたので、この泉の水が澄みきったものであることが知れた。

私はその五ムー硬貨を拾い上げず、そのままにしておいた。この次この泉に来る誰かが拾いたければ拾うもよし、未来の誰かのためにというつもりだった。

泉のそばで一休みした後、私は聞こえてきた言葉を思い出した。泉を見つけたらそこで顔を洗うように、という勧めどおり顔を洗わなければ、と私はまた泉に近づいた。泉のそばにはコップがなかったので、水壺《みずつぼ》のコップを持ってこなければならなかった。

泉の水を少しコップにすくい、顔を清めてうがいをした。ひとつ奇妙だったのは、初めにくんで口をゆすいだときは普通の水だと思ったが、二度目にくんでそれを口に含んだときはミョウバンのようにとても酸っぱく感じられた。私もそんなばかなと思ってもう一度水をくんで口にすると今度はまた普通の水だった。私がさらにためつすがめつ何杯か水をすくって口に含んでいると、五十歳くらいの男が一人やってきた。その男は小さなスコップで泉のそばの土をいくらか掘り返し、その土くれをそばに生えていたサトイモの葉で包んで自分の手織りショルダー・バッグの中に入れていた。

それから男は私のそばにやってくると、土に汚れたその手に水をかけてくれるよう頼んできたので、私はコップ二杯分の水をついでやった。男は私に礼を言うと、私からコップを受け取り、泉の水を二杯飲んだ。

私は彼に聞いてみた。

「君、その水は酸っぱくないかね」

「いや、私は母音の側から飲んだんじゃないんです。子音の側から飲んだんでね」

「えっ、何だって。何のことか僕にはわからないんだが」

「おや、あなたはこの泉のことをご存じないのですね」

「何も知らないんだが……」

「この泉こそ錬金術師たちが探している、母音と子音の泉ですよ。そちら側半分は酸っぱいんですが、こちら側半分は普通の水です。そしてこれらの水が混じることはありません。きれいに分かれているんです。普通の水の側を子音と言います。で、酸っぱいほうの側を母音と言います。母音と子音が相殺しあえば本質も相殺される、という昔の言葉もあるじゃありませんか」

「面白そうな話だね。もっと教えてくれないかね」

「毎日この水を普通の側から一杯、酸っぱい側から一杯、飲みに来ている人たちもいますよ。そうやって飲むと母音と子音が相殺しあうために、体内の血液、胆汁、気、痰《たん》といったかんしゃくの元が相殺されるために長生きできるんです。健康にいいと、みなさんおっしゃってますね」

「ふーん、そういうことか。ところで、君はさっき土を掘っていたが、あれは何のためだね。詮索《せんさく》していると思わないでくれたまえ、興味を引かれたからなんだ」

「私は錬金術師なんです。このあたりの土は母音と子音を相殺すると言われていますから、この土をるつぼに入れて手を加え、いろいろな物の本質を相殺する薬を作ろうというわけなんです」

「なるほどね、いや、どうもどうも。それから、君が水を飲んだときは母音、子音の二方から飲まずに、なぜ二杯とも子音の側から飲んだのだね」

「それはですね、母音の側は酸っぱい、ということはお釈迦《しゃか》様の教えで言えば無知蒙昧《もうまい》な状態にあるということなのです。私は水銀玉を作り、また水銀を中和するための作業をしているじゃないですか。もしも水銀が中和されてしまったら、水銀を制する水銀仙人にはなれないでしょう。それで無知蒙昧の側の水は飲まなかったのです」

「なるほど、わかったよ」

「さあ、それでは失礼します」

「こちらこそ。それじゃ」

その男が去った後、私は彼の言ったとおり二方から泉の水をすくって飲んでみると、なるほど、何かで仕切られているかのように、泉の中で水の味は無味と酸味に分かれていた。

(作者の注：この井戸は、アーザーニー丘のそば、リンク通りの側に今でもある。信じる人人もいて相変わらずその水を飲みにきている。)

私は納得するまで泉の水をためつすがめつ飲んでしまうと、井戸からちょっと離れたところに腰を下ろして薬草葉巻で一服した。半分ほど葉巻を吸うと、私は中国寺とやらのある方角へ見当をつけてさらに歩いていった。

「これ、檀家《だんか》のお人、どちらへお行きで。この先に道はありませぬぞ。寺があるばかりじゃ」

私の真ん前から声をかけてきた声の主の顔を見上げた。私の会いたい中国人の和尚ではなく、五十歳くらいのミャンマー人の僧侶《そうりょ》だった。

「存じております、お坊様。私めはその中国寺のほうへ参りたいのです」

「それならいいが。私は道を間違えてこちらの寺のほうに来てしまったものでな。シュエダゴン・パゴダからの帰り、ミェーニーゴン[*5]の方へ出ようとして、どこでどう間違えたものやら、こちらへ来てしまったのだ、檀家のお人よ」

「さようですか。ミェーニーゴンの方へおいでなら、この道に沿って坂を下りていけば出られます。ミェーニーゴンのどちらの僧院においでなんですか」

「私はミェーニーゴンにいるのではない。ミェーニーゴンに行ったら今度は車でタマイン[*6]の方へ行かねばならんでな。タマインのチャイワイン通りにあるニャーナサーギー内観瞑想《めいそう》僧院におるんじゃ」

「さようですか。それでは今後、そちらの僧院に伺って、喜捨させていただくことなどありましたときのために、お坊様のお名前をひとつお教えください」

「ウー・トンダラと言えばみな知っておる。時に、檀家のお人はこの寺の中国人の住職をご存じなのかね」

「存じあげません。でも、私めはどうしても会いたい中国人の和尚さんがおりまして、そのお和尚さんを捜しているところなのです」

「中国人和尚を捜しているとな。私は捜しもせずに道に迷ったおかげでそちらの方へ入りこみ、あの向こうのフトモモの木のところで中国人の和尚と出会ったぞ。だいぶ長いこと二人で話しこんできた。私が内観瞑想《めいそう》実践の道にあると言うと、超能力や煩悩解脱《げだつ》のための心霊術なども実践されてはどうかと勧められ、その後別れてきたのじゃ。その和尚の名はええと、ウェイ・ルー・ウィンとおっしゃった」

「えっ、いたぞ、いらっしゃったぞ。では、お坊様、私めにここでおいとまをくださいますよう」

私は僧侶《そうりょ》の前にひざまずいて拝む暇さえ惜しんで早足にその場を去った。捜し求めていた僧侶、「ウェイ・ルー・ウィン」という名がまだ私の耳の中で鳴り響いていた。

土の小道を歩いてくると、中国寺へはまだ距離があるものの、途中のフトモモの木の下に静かに座っている中国人僧侶の姿が見えた。

私はひざまずいてその僧侶を拝んだ後、聞いてみた。

「お坊様のお名前は何とおっしゃられますか」

「お前が捜しているのはこのわしじゃ。聞く必要はない」

「かしこまりました、和尚様。私めが持ってまいりました原稿をお読みになって、どうかミャンマー語で説明してください」

私は手織りショルダー・バッグの中から原稿の束を取り出して供えた。和尚はそれを一枚また一枚と読んでいった。和尚が読んでいる間、私は和尚の顔や体の方へ視線をやって観察した。和尚の顔は老人の顔らしく、多くのしわやしみで覆われていた。私が今まで会ったことのある老人の中で、この和尚ほど年老いた者はいなかったとさえ思われた。

紙を何度もくしゃくしゃに丸め、また広げてみたとしても、この和尚の顔に浮き出ているしわほどにもならないだろう。それで私はこの和尚の年齢を考えてみた。

「お前にはわしの年は言い当てられん」

和尚が紙面から目を離さずにこう言ったので、この僧侶《そうりょ》は私の考えていることがわかるのだろうか、とふと思った。しかし、たまたま偶然で一致したのだろうと思い直した。

「二度も三度も一致したら、不思議は不思議として認めねばなあ」

和尚は先のとおりこちらを見ずに言った。私はその後、何も考えられなくなった。人の考えていることがわかる、「読心術」というものについてどこかで読んだことがある。今まさにその能力を備えた人間を目の当たりにしているのだった。

「さあ、それじゃ読んであげるとするか。聞きながら書くための紙は持ってきたか」

「持ってまいりました、和尚様」

私はあらかじめ持ってきた白紙を取りだし、和尚の話を聞きながら書き取っていった。和尚は一ページずつ読んではそれを翻訳してくれた。私も疲れを感じる暇もなく、ひたすらペンを走らせた。ペンを走らせながら時のたつのも忘れていた。とっぷりと日が暮れたので、やがてあちこちからコウロギなど虫の声がし始めた。サギがエサを奪い合って争う鳴き声も聞こえてきた。書き取り作業もできなくなった。あたりはほとんど闇に包まれていた。

中国人和尚は自分の長い法衣の中からろうそくを一本取り出すと、風をよけて木の根本にともしてくれた。

私はいくぶん恐怖を感じた。その場所に人と言えば、私のほかにはこの中国人和尚しかいない。その和尚が本当の人間であるとは私には言い切れなかった。しかし、ともかくも彼は相変わらず読み上げを続け、私はそれを書き取っていった。

どれほどの時がたったことだろう。バウンダリー通りの方から時計台が九時を打つ音が弱々しく聞こえてきた。そこで私も上着のポケットから懐中時計を取り出して見てみると、私が聞いたのは九時の音ではなく、十一時であったことを知った。

「お前、空腹ではないか」

「それほどではありません、和尚さま」

「少しは空いたじゃろう」

「はい」

「ふむ……続けて書くがよい」

私はまた書き続けた。するとすぐに、騒々しい足音とともに十人は下らない男たちが現れて私たちを包囲した。ひとりが私たちに命じた。

「おい、動くな。おとなしくしていろ」

肝をつぶしてあたりを見回すと彼らは警官たちだった。指揮官役が私の書いている紙と中国人和尚が持っていた原稿を没収すると、懐中電灯の光でそれに目を通した。それから自分のそばにいる警官のひとりと小声で何か相談していた。相談された警官が言っていた。

「署へ連行するのがよいでしょう。それが確実ですよ。もし間違っていたら釈放すればいいんですよ」

私も言った。

「ちょっとちょっと、私たちは何も違法行為をしていたわけじゃありません。私の読めない言葉の書き物を、こちらの和尚さんが説明してくださって、私はそれを書き取っていた。それだけなんです」

「同士よ、よく聞け。我々、警察官に対して不信感を持つことは、それが当たっている場合でもそうでない場合でも、法律には触れてしまっているのだよ。もっとよくわかるように言おう。法律というものはだな、正しく使わず、汚い使い方をすれば、君がおならをしたのだって、大気汚染を起こしたとして訴えることだって可能なんだ。わかったか」

その警官はなかなかにずる賢く、頭の回転も速いようだった。指揮官役もどうも彼の才覚を頼りにしているようすだった。彼の姿をじっくり見ると、腰のベルトに焼きそばが入っているとおぼしき小さなビニール袋が結びつけられていた。彼は私と中国人和尚を一瞥《いちべつ》して言った。

「さあさあ、二人ともちょっと署の方までご同行願おう」

そのとき、それまで一言も発せずにいた中国人和尚が、その警官の方を見て言った。

「お前さんが腰に下げているのは何じゃね」

「焼きビーフンだ。夕飯をまだ食べてないのでミェーニーゴンで買ってきたんだ」

「それをこっちにおくれ」

警官は和尚の言ったとおりに袋をベルトから外した。しかし和尚自身は受け取らず、私に受け取るように言ったので、私は袋を手にした。

「わしたちのところへ来て迷惑をかけたために、お前は今夜、夕食抜きで寝ることになるのだ。これはわしからのお仕置きじゃ。言うことを聞かぬとお前はもっとひどい目に遭うぞ。行け。あちらの泉から水を一杯くんでこい」

口先ばかり達者なその警官も、ほかの三人の警官も、指揮官もみな無言のままその場に立ちすくんでいた。

「わしの言っているのが聞こえぬか」

中国人和尚がまた命じると、警官は震えながら、夕方私が寄ってきた泉の方へと向きを変えて行ってしまった。やがてコップに水を満たして戻ってきた。この真っ暗闇の時分、こぼさずに水を持ってくるためにこの警官はずいぶん苦労したことだろう。

これが私だったら、水をくんでこぼさず持ってくるどころか、泉にちゃんと行き着けるかどうかもわからない。

「さあ、お前たちもう帰ってもよいぞ。帰るのじゃ」

そう中国人和尚が言うと、警官たちは、まるで学校をさぼった子どもたちが先生からお説教されたあげく、許してもらったかのように、おとなしく私たちのそばから去っていった。

彼らがいなくなってしまうと、中国人和尚は私にしばらく書き取りを休み、焼きビーフンを食べるように言った。私もビーフンの一筋も残さず頂き、水を飲み、手を洗うとまたペンを走らせた。

ろうそくが一本尽きるたびに和尚はまた長い法衣の中からまた一本、また一本と新しいろうそくを取り出して火をともしてくれた。白々と夜が明けるころ、私の翻訳書き取り作業は完成した。

私の思考を混乱させたナンウェイ中尉の事件に出てくるマヌサーリーのことも、大学生マウン・チョーカインの話にも出てくるマヌサーリーのことも、もはや私にとっては謎《なぞ》ではなくなった。

私自身、知る由もないマガダ・ドウッティ語、ダッサマ語、タイェーキッタヤー時代以前のミャンマー語の母音や子音で私が書いていた文書の束は、実は私が知りたくてたまらなかった

「マヌサーリー」とその物語だったのである。これを翻訳してくれた中国人和尚、ウェイ・ルー・ウィンとはその日の夜明けに別れてきた。そしてその後、再び会うことはなかった。会えなかったというのも非常に不思議なことだった。次の日の午後、私はウェイ・ルー・ウィン和尚に喜捨するため、いろいろな物品を持参して中国寺を訪ねてみた。しかし、その寺にはそんな名前の僧侶《そうりょ》はもともといないとのことだった。承服できず私はバハン地区だけではなく、ヤンゴン中の中国寺院に孔子廟《こうしびょう》まで訪ねて回ったが、和尚に会うことはできなかった。

私は中国人の親友、ミスター・シャン・ワーと共にほかの町の孔子廟まで調べたが、やはり何の手がかりもつかめなかった。

（作者の注：ウェイ・ルー・ウィンとは中国語で、非常に強力な神通力のある者、という意味である。）

私が不思議な出会いをして、大変な神通力を目の当たりにし、そしてもう再び会うことのできない中国人和尚。そのお陰で、私の手にあった読むことのできない原稿は、マヌサーリーの物語へと姿を変えたのだった。

この翻訳した分厚い原稿をそのまま読者のみなさんにお見せしたら、それは薬嫌いな子どもにとびきり苦い薬を無理に飲ませるようなことになるだろう。なぜなら直訳しただけの文章は、古代の碑文のような語句の並びであり、とても愉快に読めるものではないからである。それで、私は精一杯の努力をして文章を整え、助詞に助動詞、接続助詞に形容詞などを読みよいように校正したりして、書き直しをしてみた。一部の言葉はパーリ語混じりになっており、ミャンマー語風に直すのも楽なことではなかったが、専門家とも相談しながら私なりにパーリ語語彙《ごい》はいちばん意味の近いミャンマー語をその下に書き加えたりした。これらは私が大変苦心したところでもある。しかし、それよりもさらに困難だったのは、文学的な味わいのある文章に仕上げることだった。私はもともと文芸などとはほとんど縁のない暮らしをしていたし、味わいのある文章作りは最も難しい課題となった。私が意図したように味わいのある文章に仕上がっているか否やは、私自身は判断しかねるところである。こうして文章を書くために参考にしてきたミャンマー語の伝統詩歌の本、ミャンマー語や英語の本などから見れば、まだまだ力不足だろう。

ともかく、こうしてまったく解読不可能だった分厚い原稿、マヌサーリーの物語は、そこそこに読める文芸作品の原稿に仕上がってきたわけである。

その五

マヌサーリーのマヌサーリー

それはもうずいぶんと昔のこと——。

アティトラー王子とマヌサーリーの物語は古い古い昔のこと。マヌサーリー自身は、ただはるか古代のころのこととしておきたいようである。

いつの年月、どんな年号だって正確なことなど伝えはしない。そして現在使われている暦や年号もマヌサーリーはまったく信用していないかのよう。信用できない理由についても語っていた。

「それというのも……昔々のこの世の始まり、マハータマダ大王から始まって歴代の王の名前を書き記している年代記をごらんください。

アーナーラタ大王の御代《みよ》に、占星術で大厄払いの時期の数に当たったからといって、一一四九七八五年を元号からなかったことにしています。

クタ大王も、泥酔の相のような数に当たった年だからといって、一四九三八五六〇年をなかったことにしています。

それからゴータマ仏陀《ぶつだ》のお祖父様、インザナ大王の御代《みよ》にも大物忌みの年に当たったといって、八六四五年分を抹消しているではありませんか。それも高名な修験者デイウィーラの進言によってです。

かの昔、仏様が入滅なされたときにも仏歴と王朝暦を統一するためにと、アザータタッ大王とカタパティール大僧正が話し合って、デウィーヤ数理と呼ばれる、三蔵[*1]にある数学理論から七四八年という数字を作り出されたのです。

それから、星の巡りが大破壊の数の中に入ったと言って、トゥモンダリー王が六二二年をなかったことにして、二年分を一年として記録させました。

パガンの国のポパ・ソーラハン王もまた大祈願の数だからと言ってカサピンザンと呼ぶ年号五六二年間を、二年を除いて抹消させました。

モウフニン大王に至っては、大虚空居士《こじ》の年に当たるからと、年号八百年間から二年を残して後はなかったことにしています。それでもその元号はそのままあると言っています。

それで、私マヌサーリーとしては、このように百万年の単位でなかったことにされたり、一部は残されたり、また全部なかったことにされたりする年代というものを少しも信用しないのです。正しい年号というものもあるとは思えないのです。

ちょっとお考えください。モウフニン大王の御代《みよ》になかったことにされた年号ですが、といって、残されて使われた年号もまゆつばものではございませんか。

そのように手を加えられなかった年号によくあることは、王権に近い土地では、王の意のままに削られた年号を使っていて、王権の及ばない土地では元のままの年号を使われているということです。

削られた部分のある年号をコーザーと呼び、削られなかった元のままの年号をコーベインといいます。

こうしてみると、国によって、民族によって、時代によってコーザー、コーベインと区別されたりする年号というものに信頼を置いてよいものでしょうか。

私は、タムティ・ナッという王族たちがほしいままにもてあそんできた年号というものは正しいものとはとうてい思えず、またそれに従う必要もないと考えています。

それゆえ、『それはもうずいぶんと昔のこと、はるか古代のころのようなこと』と言いたいのです。

実際のところ、私は年号というものを信じていないばかりでなく、年号という言葉を聞くのも身震いするほどいやなのです。といって、どんなにいやでも王子アティトラー様と私マヌサーリーの身の上をお話しするとなると、年号という言葉を使わないわけにもいきますまい。なぜかといえば、これはおおよそマハー・テッカ・ヤーザーと呼ばれたテッカリッ大王の治世に始まる物語だからです。

しかしながら、私が憎んでも憎み足りないテッカリッ大王のことを、天竺《てんじく》の「ターリワハーナ・テッカリッ」と同一人物だとお考えになりませんよう。今なお私が憎んでいる悪逆非道な大王は、アパランタ国のテッターを首都にして治めていたテッカリッ大王のことなのです」

マヌサーリーによれば、アパランタ国とはなんとエーヤーワディー河の西岸、今のミンブー、サク、サリン、パデイン、ガペー、セイドウッタヤー、タイェッといった都市を含む土地にあった国だという。

レーガイン・チャウントーヤ僧院のそばには「トゥナーパランタ国シュエレーガイン町」と刻まれている石碑もあるということだ。アパランタ国を後世にトゥナーパランタ国と呼ぶようになったとマヌサーリーが言っていた。

首都のテッターというのも現在のタイェッ市の近く、パダウン高速道路あたりのところにあったと、マヌサーリーが見当をつけた。

「年号に時間というものの神秘や奥深さははっきり表すことができないように、地名にも過去に栄枯盛衰を重ねてきた物事の実態をはっきり表す力はないのです。実際のところ、時間や期間などというものも存在しません。それは、『無知蒙昧《もうまい》』と呼ぶ下等な魔女の仕業による幻なのです。土地や場所というものも、時間という壮大な戯れが消滅する前にぼんやりと見える陽《かげ》炎《ろう》のようなものなのです。

また実際、それなら確実なものとは何かと問われたら、私は『この世に常なるものはなし、ということとわりだったら、うち消すことのできぬ確実なものでございます。』とお答えしましょう。そして王子アティトラー様のことも確実な出来事。それ以外に確実なことなど何がありましょう」

そしてマヌサーリーは、アティトラー王子との物語が起こった年代と地名を言ってくれた。時間と場所、その二者には実態はなく、ただ自然本来の状態であるだけだと、またはっきり述べながら。都市国家テッターの領主テッカリッ王と同時代で、その名をよく知られた王として、釈迦《しゃか》如来の曾祖父《そうそふ》に当たられる、天竺《てんじく》はカピラヴァッツの地を治められてきたゼーヤタナ大王を挙げた。

かくして……

時はテッカリッ大王の御代《みよ》、ところはアパランタの国のこと、これよりマヌサーリーとアティトラー王子の物語を始めよう。

それはもう昔のこと。

テッカリッ王の弟君であるアティトラー皇太子が、野遊びにお出かけになってお付きの者とはぐれ、マン川近くの広大なジャングルの中をさまよってもう二日たっていた。

霧深く、歩みは遅れ、つのる不安に王子の顔はくもりがち。木洩れ日さえ千金に値するほどありがたい、昼なお暗い密林で、抜け道を探すのは容易なことではなかった。

二晩ろくろく眠らずにいたので、アティトラーはもう瞼《まぶた》が重くなってきてしかたがなかった。食べ物もなく、体に力が入らなかった。それで、耳を澄ませてマン川のかすかなせせらぎの音を聞き、そちらの方向へゆっくりと歩みを進めていった。

蔓草《つるくさ》や地面の凹凸《おうとつ》に、あわれな王子はたびたび足元を取られて地の上に倒れた。倒れただけではない。木の枝や切り株にぶつかったり突かれたりして、無数の傷を受けていた。まだ鮮血生々しいものもあれば血のりが固まったものもあり、皮膚が青黒くはれたところもあった。こうして森の魔物は王子をいたぶり放題にしているのだった。

王子は力をふりしぼって歩き続け、ついに川岸に行き着いた。マン川がジャングルに別れを告げ、陽光を受けてダイヤモンドのようにきらめきながら大エーヤーワディー河の方へ向かって流れていくのを見ると、自然に喜びがこみ上げてきた。

王子は川のほとりに行くと、水を飲み、傷口の血のりを洗った。そして、気持ちの良さそうな木陰を選ぶとそこでぐっすりと眠り込んだ。北極星を見つけたら夜の旅は東西南北を間違えることはないように、いったんマン川を見つけたら、後はもう道を誤ることはない。それで安心しきっての眠りだった。

どれほどの時がたっただろうか。寝入りばなには頭上の真上にあった真っ赤なルビーのような太陽も、西の方のジャングルの中へ沈みかけていた。

といって王子の疲れ切った体では、とても目の覚める状態ではなかったはずである。今こうして目が覚めたのは、彼を取り囲むように若い女性の一群があたりで動き回っていたからである。王子は彼女たちのようすをうかがった。数は七人。

そのうち六人は特に変わったようすもなかった。見たところ、ありふれた貧しい田舎娘たちだった。しかし、ひとりについては大変な驚きを覚えた。

もしもほかの娘たちがいなくて、彼女ひとりにこんなジャングルの中で出会ったとしたら、とても人間とは思えず、天女が人の姿を借りてこの世に現れたとでも思ってしまったことだろう。

黄金色に輝くその肌、漆黒の髪、太りすぎずやせすぎず、背も高すぎず低すぎず、見るからに美しいその姿に加え、たおやかな動作、まさに帝釈天《たいしゃくてん》が彫り上げたというその妻トゥーザー女神の彫刻の美しさだった。

「ご機嫌麗しゅうございますか、殿下」

姿は美しいが天竺《てんじく》おしどりの声は美しいものではない。声は美しくともカッコウは美しい鳥ではない。姿も声も美しいが、孔雀《くじゃく》は荒々しいふるまいで威嚇《いかく》し、人を寄せつけない。極楽鳥は姿、声、ふるまいの三拍子がそろっている。

まさにそのとおり、トゥーザー女神のような美女は姿や物腰に加え、たいそう優しく、美しい声をしていた。この世の始まりの時代、雲を食べる獅子《しし》と象とが激しい戦いを繰り広げ、敵意の炎を燃え上がらせていたのを、あたかもローカナッ神[*2]がその炎を鎮めるべく奏でた楽器の音のよう。アティトラーの耳に彼女の声はそう聞こえた。

「ご機嫌いかがかな、妹よ。そなたたちにはとても驚かされたぞ。このような虎《とら》や豹《ひょう》の出る森の中、男衆もつけずに女人たちだけでおるとはな」

「殿下、驚くべきことはございません。私どもの祖父はあちらの庵《いおり》で瞑想《めいそう》の道の修行をしております。私ども孫娘たちはいつも月初めに祖父の元へ来て、教えを受けているのです。王子様殿下もお供もおつけにならず、擦り傷、切り傷だらけになってこんなところでぐっすりとお休みになっておられるとは尋常と思いませんが」

「妹よ、私は王族の衣装を着ておらん。貧しい農民のようななりをしているのに、どうして王子と呼ぶのじゃ」

「古い法典と異端の賢人の法によって私は、殿下は地上の王者の家系、王族武将の血を引く高貴なお顔をしているとお見受けしました」

アティトラーは心中、このトゥーザー女神のような美女を大いに褒めたたえた。貧乏人のように装っていても、すぐさま王子であるとわかった彼女の知性を尊敬せずにいられなかった。

二日間何も食べていなかったので、アティトラーは空腹だった。しかし、威厳を保って若い娘たちの前では空腹であることを一言も口に出さなかった。

「殿下、爺《じい》の庵へおいでください。お食事を差し上げたいと思います。殿下の空腹のお苦しみを私も感じます」

「妹よ、私はそなたに私が空腹であることを言ってはおらんが」

「爺《じい》の教えにより、私はビテイッカセイガという医術の技、ウェイダパンディタという季節の変化と医術の関係、ナーナータッタデッカという何巻もの医学書から学んだことがら、ダートゥティケイッサという薬膳《やくぜん》の技、フーラーという厄除《やくよ》けとなる料理の技を心得ております。それゆえ、不調和の相と呼ばれる、食べ物や栄養により心身に現れる病の症状が御身《おんみ》に見られるのです。お腹に何も食べ物がないため、ターカワータと呼ぶ『気』の巡りから殿下のおみ足、そのお手先が細かく震えております。威厳を保つことに重きをおくおかたゆえ、注意しないとわからぬほどですが、そうでない者はたいてい隠すことは無理でしょう。それで私は殿下が飢えのため大変にお苦しみであることを悟ったのです」

娘が穏やかな優しい声で説明するのを聞いて、アティトラーは満足げにほほえんだ。

「妹の言葉は当たっている。しかし、こうして私を招いてくれるのはいいが、庵《いおり》の主《あるじ》、妹のお祖父様はお喜びになるだろうか」

「何をおっしゃいますか、殿下。水牛の足跡に水がたまるのは信じても、広い海原に水があるのは信じられないかのようでいらっしゃいますね。毒になる果物には栄養があると思い、体によい木の実に栄養があるとはお思いにならないかのようでもございます。私のようなまだ法の道に至っていない小娘の真心は信じられても、私の爺のように貴い瞑想《めいそう》の道の修験者であり、無常、苦、無我という三宝印の教えを常に考え続けている精舎《しょうじゃ》の奉仕者の真心が信じられないとは、困ったことでございますね、殿下」

娘と共にいた六人の乙女たちも、自分たちの祖父は慈悲の人であり、手負いの虎《とら》の傷にも薬を塗ってあげるような人物であると口々に言いながら、アティトラーを庵《いおり》の方へ案内していった。

アティトラーは娘たちの先導する後から、疲れた足を引きずりながらついていった。

「私の命の恩人、妹の名前は何というのか知りたいのだが」

「マヌサーリーと申します、殿下」

「マヌサーリー、マヌサーリー、マヌサーリー……」

アティトラーは口の中でその名を唱えてみた。

「私のことは、ではわかっておろう。アティトラーという名前の前に、皇太子という称号がつくためこのアティトラーを知っていたのであろうな」

「実のところ、殿下のことは武芸に秀でていらっしゃるゆえに存じております。皇太子という称号のゆえにではございません。アティトラーというお名前を耳にした者はみな、火星の軍神の姿を見る思いがすると言っております。ギッサパニー国との戦の折りは、アティトラー殿下の勇猛果敢さに留まらず、敵を誘い、おびき出し、殲滅《せんめつ》させる、といった戦術の巧みさでもあまねくそのお名前がとどろいておりました」

王子は何も答えなかった。ただ笑みを浮かべているばかりだった。マヌサーリーと王子の二人が先を行き、六人の乙女たちはその後を少し遅れて歩いていた。まるで縁結びの神自らが二人を結びつけたかのようなその姿に、乙女たちも似合いの二人を祝福しながら後を追っていた。

庵《いおり》のそばにやってくると、戦場で育ってきた王子らしく、アティトラーは敵が潜んでいないかどうかあたりをうかがった。庵は小さいながらも、竹を丁寧に組み合わせた、丈夫な作りだった。マン川からもほど遠くない森陰にあり、心安らぐ、落ち着いたたたずまいだった。

「狩の技を身につけた者や、円陣兵法や追跡兵法、進軍、退却といった兵法を学んで実践していらっしゃるかたは、他人の領分に足を踏み入れる前にはようすをうかがうものでございますね、殿下。でも、爺《じい》の庵にはそうした技を使う必要はございません。この庵には敵もいないし、武器もございません。栄養と真心を得られましょう。どうぞご心配されませんよう」

アティトラー王子は無言のままだった。この女はただ者ではないと心中、舌を巻いた。庵の周りは一枚の木の葉も落ちていないほど、きれいに掃き清められていた。庵の中に入ると、奥の方にクロレイヨウの毛皮に座っている老人の姿が見えた。

老人は長いあごひげをはやしていたが、それはまだ白くはなかった。かなりの年を経た顔だったが、偏屈な顔つきではなかった。皮膚はたるんでいたが、健康そうな体つきだった。老人はその目を開けてはいたが、視力はないようだった。まばたきもせず、息づかいも感じられず、何だか人形のように座っているばかりだった。

アティトラー王子は不思議な気持ちでその姿を眺めた。マヌサーリーは小さな素焼きの皿に火の起こった炭のかけらを三つ、四つ載せ、その上に何かの粉を少量かけて老人の前に置いた。炭のかけらから立ち上る煙が何とも言えぬ芳香を放った。

「殿下、爺《じい》はここにこうして座っておりますが、今、梵天《ぼんてん》様と会っているのです」

マヌサーリーがやっと聞き取れるほどの声でアティトラーに伝えた。しかし、アティトラーは理解できずに聞き返した。

「殿下、それはつまり、爺の生身の体はここにございますが、繊細な心の体のほうは梵天様と会っているということなのです」

アティトラーはやはり理解できなかったが、それ以上は聞き返さなかった。マヌサーリーが重ねて説明しても、それは自分の思考を混乱させるだけだろうからと、むしろ何も言わずにいた。ほんの少したつと、老人は体を動かし始めた。

「戦場に人あまた戦い、傷つき、命を落としけり。我らが英雄、王子の長寿をお祈り申し上げまする」

老人は実直そうにアティトラーのためにパーリ語で祝福の詩を吟じた。いったいどうして彼が王子であることを知ったのか。しかし、アティトラーはもう追求しなかった。

マヌサーリーは老人の体にバターとおぼしきものを塗ってあげながら、川の水浴び場でアティトラーに出会ったので連れてきたと話していた。老人はそれを聞きながら、細い竹筒の中からぴかぴか光る粒をひとつ取り出すと、それを蜂蜜《はちみつ》を入れた小皿の中に入れてアティトラーにすすめた。

アティトラーが蜂蜜を少量指につけてなめてみると、体の筋の隅々にまでそれがしみわたっていくかのように思われるほど、格別の味わいだった。皇太子として、今まで口にしたことのある、どんなごちそうにも勝る蜂蜜の味に、内心驚き怪しみもした。

「食べなされ、英雄よ。体に害にはなりません。タートゥワンナという薬草酒を固めたものの力でおいしく感じられるのです。この蜂蜜はウッダーラカという茶色い蜜蜂《みつばち》のような蜂のものです。フナル・トゥカと呼ぶ、全身の筋肉を強くたくましくする薬を調合するときに使うものです」

まる二日、何も食べていなかったアティトラーは、蜂蜜をひとなめしただけで、全身に力がみなぎってくるのを感じた。

老人は、この家で気楽にお過ごしくださいとアティトラーに申し出ると、サッ・チェイッ・アッタ、即ち無常・苦・無我の三宝印を口の中で唱えていた。

アティトラーは竹の枕《まくら》に頭をもたせながら、マヌサーリーが敷いてくれた布団に横になって手足を伸ばした。庵《いおり》の前の空き地からマヌサーリーが教え、六人の娘たちがそれに従って呪文《じゅもん》を唱えているのが聞こえてきた。

セーヤー、セーヤー、
ジャラ、ジャラ、

ガワ、ガワ、
シャジュー、シャジュー……オーム
その声がいつ止んだのか、まったく覚えていなかった。アティトラーが目を覚ましたとき、夜空には北斗七星の柄に当たるあたりが曲がっているのがくっきりと見えた。マン川のせせらぎと音と風で木の葉がこすれあう音のほかは何も聞こえなかった。多くの星に囲まれて、まるでお付きに傘をさしかけてもらっている王様のように、月が明るかった。呪文《じゅもん》を唱えつかれて眠っている娘の誰かがいびきをかいているのが聞こえた。
まさかマヌサーリーではあるまい、とアティトラーは思った。

＊　＊　＊

傷の手当を受け、栄養と睡眠をとったのが功を奏して、アティトラー王子はまた体に力がみなぎってくるのを感じた。それで、もうそのまま横にはならず、起き出してマン川の方へ歩いていった。

月はいよいよ皓々《こうこう》と輝いていた。月光の下にマン川の流れも白銀のような光を放っていた。岸辺のなだらかな砂地も銀で編んだ滑らかなござを敷いたかのよう、視界の及ぶ限り白っぽく優しく光っていた。

アティトラーは、少し軽い運動に砂地の上を散歩しようと思いたち、小さな丘を歩いていって、そこで思わずわが目を疑うような光景を見た。

非常に薄い生地の衣をまとったひとりの女の姿があった。風に吹かれて夜空にその衣と彼女の長い髪が翻っていた。

いったい誰なのか。どうしてひとりでここへ来ているのか。知りたくなったアティトラーは入り組んだ枝の続いているシロゴチョウの灌木《かんぼく》の陰に身を隠しつつ、戦場でひそかに敵に接近していく技、「日輪の術」を実践しながらその女人といちばん近いところに生えている木の陰まで行き着いた。

アティトラーはさらに驚いた。その女人はマヌサーリーだったからだ。マヌサーリーは皓々《こうこう》と輝く満月に向かって両手を伸ばし、何かの呪文《じゅもん》を唱えた。そして薄い衣を一枚、一枚と落としていった。

武将である王子の胸は、小悪魔たちが千匹騒ぎ回るよりも激しく高鳴った。性欲の炎が次第に勢いを得て燃え広がってきた。王子はたびたび唾を飲み込んだ。性欲の炎の熱に王子ののどは乾ききっていた。

薄い衣がマヌサーリーの足元に乱れていた。マヌサーリーはその身に何もつけていなかった。この世に生を受けたときそのままの姿だった。

月の光を受けて肌が輝きを増している、とアティトラーは思った。風の中に長く漆黒の髪が幟《のぼり》のようにさらに激しく舞っていた。

ふくよかすぎず、小さすぎもしない二つの乳房、くびれた腰に尻《しり》の豊かな丸み、すっきりと伸びた象牙《ぞうげ》のようなその太もも……それは女性の美の粋を集めたような姿だった。「帝釈天《たいしゃくてん》が彫り上げた至上の美の彫刻」とでも言い表したらよいのか、咲き誇るようなマヌサーリーの美しさに、アティトラーは我を忘れてそちらへ駆け出し、その体を抱きしめたい衝動に駆られるのを、かろうじてシロゴチョウの木の枝をきつく握りしめながら押さえていた。

アティトラーが握りしめていた枝に人間の言葉が話せたらきっと、そんなにきつく締めつけないで、息がつまって死んでしまう、とでも懇願してきたことだろう。

マヌサーリーは月に向かい、王子の方へは背を向けてすっくと立った。男性にとってはあまりにも魅力的な女性の体の部分、張りのある膨らみを見せ、マヌサーリーの尻は成長しかけの二つの法螺貝《ほらがい》のように白く輝いていた。そして気品に満ちた背中の線の美しさは、アティトラーにとって体の正面よりもさらに引きつけるものがあった。

アティトラーは君子が守るべき規律など忘れてしまいたい思いにかられてきた。その場所と時間も衝動に拍車をかけてきた。こんな好機を逃したら、揚げ魚を見ても取ろうとしない役立たずの猫、と言われるではないか。それで行動に及ぼうと心の中でほとんど決めかけた。

しかし自制心に満ちた王子は、命の恩人でもあるマヌサーリー、そのたぐいまれなる美しさに加え、尊敬に値する彼女の知性に、今にも燃えあがろうとする情欲の炎を押さえ込んだのだった。アティトラーは自らの心に棲《す》む暴れ野生象を制しきったのだった。

アティトラーはそっとその場から後退していくと、庵《いおり》に戻ってきてその前の縁台に腰かけながらマヌサーリーのことをあれこれ考えていた。庵の中からは娘たちの軽いいびきがまだ聞こえていた。

腰かけて間もなくマヌサーリーが帰ってきた。優雅な形の美しい衣を身にまとった姿で。マヌサーリーは王子のそばに寄ると、慎ましやかなしぐさでその横に腰かけた。

「殿下、空腹ではございませんか」

アティトラーは口で答えず、わずかに頭を横にふった。マヌサーリーはアティトラーのようすを一瞥《いちべつ》すると、

「殿下は私が月光浴をしていたところを、どこからかごらんになっていらっしゃいましたね」

「そうじゃ。でも、私がそなたを見ていたのがどうしてわかったのじゃ」

「わかりますとも。不調和の行、つまり禁欲のために起こってくる病の相、欲望の新芽と呼ぶ、色情のために狂った者の心がわずかに殿下の中に見えるからです。それで殿下がどこからか私の月光浴を見ていたと知ったのでございます」

「どうして月光浴をしていたのじゃ、妹よ」

「この世には日光と月光の威力と無関係なことは何もございません。日光は男性の要素を創り出し、月光は女性の要素を創り出します。それで、太陽を規範とした書き物を男文《おとこぶみ》、月を規範としたものは女文《おんなぶみ》と呼びます。

(作者注：サ・ダ・バ・ワ、など恋愛成就や金運祈願の呪文《じゅもん》としてミャンマー文字を並べて書くことを意味しているようである。)

「月光浴にはどんな効果があるのか聞かせてはもらえないか、妹よ」

「月光には吸引力がございます。大洋の海水を満ちさせる力がありますし、女性たちの背骨の中を通る骨髄液と子宮の中にある月経の水も月の引力によって、満ちあふれてまいります。こんな夜には月光浴をして十分にその引力を身に受けますと、美を増し、また長生きもできるのでございます、殿下」

アティトラーは驚いてマヌサーリーを見つめているばかりだった。

「月光浴をするように、日光浴もするとよいものです。日光には外へ向かう勢いがございます。これが男性的要素を創り出し、勇気を与えてくれます。意志の強い心を作り、全身の骨も丈夫にしてくれます」

マヌサーリーの声もそして話されることがらも、アティトラーにとってはいくら聞いても聞き飽きることがなかった。

マヌサーリーは庵《いおり》の中に入っていくと、一杯の水と何かの粉を持ってまた出てきた。それをアティトラーにすすめながら言った。

「麹《こうじ》の粉でございます。はやる心を鎮めてくれます。これを水でお飲みになり、お休みくださいませ」

マヌサーリーに言われたとおり、アティトラーは粉を口に含んで水と一緒に飲み下すと、竹の縁台の上に横になった。そしてマヌサーリーが自分のそばを離れるよりも先にぐっすりと眠り込んでしまった。

マヌサーリーは王子の体に未晒《みさら》し木綿の掛布を広げると、庵《いおり》の中へ入っていった。アティトラーだけでなく、マヌサーリーも眠りについた。月光の下、生きとし生けるものすべてが深い眠りの中にいた。

月はいよいよ皓々《こうこう》と輝いていた。マン川のせせらぎの音は天人の奏でる竪琴《たてごと》の音のようにその夜の美しさを褒め称えていた。

翌朝、マヌサーリーはアティトラーにウィヒという穀物の一種で作った粥《かゆ》をささげた。アティトラーがおいしそうに粥を口にしている間、そばに座っていたマヌサーリーが言った。

「殿下、お粥は空腹感を抑え、飢えを制します。体内を巡る下降の気を身体の下方へ押し出し、排尿を促して膀胱《ぼうこう》をきれいにします。身体に残っている食べ物の消化も促すと、『薬草師之《の》心得』という薬膳《やくぜん》の書に出ております。それゆえ、今日だけでなく今後毎日、殿下に召し上がっていただけたらと思います」

アティトラーは幼子のようにかぶりをふってうなずいた。心の中ではマヌサーリーの博識を賞賛せずにはいられなかった。マヌサーリーの祖父がアティトラーのそばに来ると、王子のために祝福の詩を唱えた。

「人あまた戦い、多くの命が戦場で失われり。われらが王子の長寿をお祈り申し上げまする」

そして、いつものようにクロレイヨウの毛皮に座ると瞑想《めいそう》を始め、後は身動きせずにいた。

残りの六人の乙女たちはマヌサーリーの前へ来て、前日マヌサーリーが教えた呪文《じゅもん》をひとりひとり暗誦してみせた。その後、たきぎ集めに水くみにと庵《いおり》から出掛けていった。

マヌサーリーと王子は庵の前で竹の縁台に座って話をしていた。マヌサーリーの輝く小麦色の肌、細くしなやかな指を、アティトラーは興味をそそられたように見つめながら、ふと、このような指が竪琴《たてごと》の弦をかき鳴らしたら、それは甘美な調べが奏でられるに違いないと考えた。

「マヌサーリー、そなたは竪琴はたしなむか」

マヌサーリーは形の良い歯を見せてほほえんだ。

「竪琴だけではございません。私は楽器でしたら女人にとっては難しいとされている、打楽器十二種も上手に打つことができます、殿下。高太鼓、カスタネット、ばち打ち両面太鼓、大太鼓、ふくら太鼓、ドンミン太鼓、小太鼓、つづみ、飾り太鼓、豆太鼓、大吊《つ》り太鼓、片面太鼓、でございますね」

アティトラーは、マヌサーリーのように十二種の打楽器を打つことなど、とてもできなかった。打楽器十二種の名前すら暗誦できなかった。

「殿下のお手相を拝見いたします」

アティトラーはマヌサーリーに言われたとおり、両手を開いて手のひらを見せた。マヌサーリーは細かく走っている線の中のひとつを、細い人差し指でなぞりながら言った。

「この人差し指と親指の間から始まり、手のひらの端の方へと横切っている筋を良い友トゥタムナレーカーと申します。人を愚鈍への道に誘う一方、知恵・知識が得られるようにも働きます。これについては、殿下のお手はアーリーという火星が光る方向に向かっておりますところ、歌舞音曲、絵画や彫刻、歌詠みという優雅な技の方面にはご興味がなく、火炎兵法と呼ぶ、爆発する火山がすべてを飲み込んでいくような破壊と軍事の技に長《た》けておいでになります。私マヌサーリーの手にありますこの線は月が光る方向に続いて降りますので、歌舞音曲や歌詠みといった技に習熟してきたのです」

マヌサーリーは自分の手のひらを見せると、そのトゥタムナレーカーという細い線の現れ方と自分の長けた技の関係についてまた言った。アティトラーも興味深げにマヌサーリーの手を見たが、やはり手相のことはよくわからなかった。しかしながら、マヌサーリーの片手の甲に黒っぽい染料で八角の星のような形が入れ墨されているのを見つけて、そのわけを尋ねてみた。

「妹、マヌサーリーよ、これはなんの印じゃ」

「ジェーヤーという、二つの意味を持つものの一種でございます。爺《じい》が彫ってくれました。ジェーヤーは敵と出遭ったときにその威力を発揮します。虎《とら》や象、蛇といったジャングルの猛獣たちはこの印を見ただけで逃げていきます」

そのようにアティトラーとマヌサーリーが話し込んでいると、敷地に入ってくる人影が見えた。アティトラーがそちらへ目を向けると、頭に高々と髷《まげ》を作り、のび放題のあごひげをはやした修験者だった。その修験者はアティトラーたちが座っている縁台に近づいてくると、自分も腰をおろした。アティトラーがいったいこの修験者は何者かといぶかっていると、修験者の両耳からいきなり煙が吹き出し始めた。

「殿下！」

マヌサーリーが驚いたように大声を出すと、アティトラーの手を引いて直ちにその修験者から引き離した。二人は手を取りあって後ずさりをしながら、かなり離れたところまで行き、その煙を避けた。耳だけではない。その修験者は鼻から、目から、口からも煙を吹き出し、間もなくその姿は煙に包まれてしまった。

若武者であるアティトラー王子は、何者かはわからないまでもその修験者を恐れる気持ちはなかった。

「マヌサーリー、この修験者はわれらの敵か、それとも友か。はっきり言ってくれ。敵ならばどんな力を持っておるのか。私はこの修験者と戦う」

「あの体から出てくる煙を吸ったら直ちに死に至ります。友でないのは確かです」

アティトラーはそれには答えずに庵《いおり》の前にあった水瓶を持ってくると、修験者の頭から水を浴びせかけた。煙がぴたりと絶えた。修験者は濡《ぬ》れネズミのようにずぶ濡《ぬ》れのまま、あちこちを見回していた。

アティトラーはきょとんとしている修験者の髪をつかむと、敷地の外へ押し出した。修験者はうなだれ、すっかり気落ちしたようすでどこかへ去っていった。

アティトラーの腕をやさしくつかみながらマヌサーリーが言った。

「殿下、お聞かせくださいませ。煙を出して魔力を示した修験者には、水をかければ勝てると前からご存じだったのですか」

「魔力だなんだということは私にはわからぬ。煙を出したのは火の気があるからじゃ。水をかければ火は消えるということは知っておる。戦のときも、進軍の行く手を時々敵が火を放って妨害してくる。そんなとき、私たちの考えることはひとつ、水でそれを消すことじゃ。今も敵の修験者には火の気があると見たので、水をかけて消したまでじゃ」

「おっしゃるとおりでございます、殿下。煙を出して魔力を示したということは、その体の中にあるアーポーという水の元素を操り、火の元素もそれと同じくらいになるよう集中させて煙を出したのです。誰かまた別の魔力によって、または殿下のように水をかけて制すれば、その火の元素はすっかり消えてなくなります。この修験者は生涯を通じて、火の威力を自らの意のままにしようと修行していたのでしょう。それですっかり気落ちしてしまったようですね」

「マヌサーリーよ、ひとつ聞きたいのだが。火の元素を集中させようとする修験者は、山野で修行しているであろう。雨季には彼らは雨に濡《ぬ》れることだろう。すると、彼らの修行している火の術は効かないのではないか」

「そうではございません、殿下。元素の集中とは、精神のなせるところでございます。自分の修行してきた集中の技を誰かに見せたいと思えば、それはまず精神を集中させ、心の中にその光景が見えていなければなりません。たとえば、先ほどの修験者ですが、毒の煙を吐いて己の術の力を見せている間、心の中では毒の煙、毒の煙……と絶えず精神を集中させて唱えていなければなりません。そんなときに思いがけなく水を浴びせられたものですから、いきなり我に返って修験者も驚いてしまったわけです。『自分の負けだ』と心中、思ったことでしょう。その言葉は非常な速度で心に浮かんできたことでしょう。その心は今後もずっと『自分の負けだ、自分の負けだ』と覚え続けていきます。今後また火を集中させる術を使おうとすればそのたびに『自分の負けだ』という気持ちが浮かんでくることでしょう。それでこの修験者は火の術に負けてしまったことになるのです」

「わかった、マヌサーリー。しかし、もう一つ聞きたいのだが。さっきの修験者はどうしてここへ来て、このように自分の術の威力を見せたかったのであろうか」

「あの修験者は、あちらの方の、あのそばに見えるアラムペーという森に住んでいる修験者です。角のある野獣が角に頼っているように、威力ある術を身につけても清い心のない人間は、自分の術を使って他人に迷惑をかけたがるものです」

アティトラーは先ほどの出来事が理解できたので、後はもう何も聞かずに竹の縁台にくつろいで座っていた。そのそばにマヌサーリーが慎ましやかに寄り添い、アティトラーに優しい笑みを見せた。

水くみにいった乙女たちの半数ばかりが戻ってきて、アティトラーとマヌサーリーのそばで自分たちも疲れをいやしていた。

アティトラーがマヌサーリーたちの住む庵《いおり》にやってきて、はや三日たった。王子はマヌサーリーだけでなく、ほかの娘たちとも少しずつ親しくなっていった。ただ、マヌサーリーの祖父とはまだあまり長い言葉は交わしていなかった。祖父は時間さえあれば、クロレイヨウの毛皮に座って瞑想《めいそう》していることが多かった。

マヌサーリーは祖父のためのさまざまな雑用を引き受けていた。祖父はまたマヌサーリーにできる限りあらゆる学問を教えこんでいた。そうした学問の中でアティトラーも興味を引かれた学問は、「両足及歩行之響《のひびき》」と題された、人間の足の裏の皮膚を縫い合わせた折り畳み写本だった。それは皮膚の持ち主の履歴や資質について解説した書物だった。

マヌサーリーたちが学んでいるとき、アティトラーもそばで聞きながらわかったことは、この足相学は、天輪聖王[*3]の足の裏の様相を元にどんな特徴があるかを論じ、それに沿ってこれらの足の持ち主たちの性格、才能の優劣を判じたものだった。

この本には天輪聖王の御足型の中に見られる模様、たとえば槍《やり》を持つ女性、吉祥樹《きっしょうじゅ》と呼ばれる王族の寝室の図、インゴタという名の黄金のかごなど一〇七種の絵柄が紹介してあるとのことだった。

以上のことを学んでからというもの、乙女たちもアティトラーの足に興味を示し、たびたびそばに来てはアティトラーの足の裏を眺めるようになった。対になった金の鯉《こい》の形が認められるとか、右巻きの法螺貝《ほらがい》の形が見えるなど口々に言いあっていた。

もう一つアティトラーが興味を引かれた教えは、家内規律論と呼ばれる、誰もが覚え、従うべき規則についてだった。こうした学問こそ国家のために必要な教えだとアティトラーは悟った。そして、国家のために必要な裁判所長官の地位にはマヌサーリーこそふさわしいと思った。

しかしながら、アティトラーは国家の桂冠《けいかん》をかぶるものではない。王座についているのは兄のテッカリッ王だった。

それで、宮殿に帰ったら、兄のテッカリッ王にマヌサーリーのことを進言申し上げようと心に決めた。王がご機嫌麗しいときを見はからってご進言するのがいいだろうと心づもりをした。

下弦の月、五日目にはマヌサーリーと乙女たちは祖父の庵《いおり》からいつも自分たちの村にいったん戻っていたので、アティトラーも一緒について村へ出た。パランヨンというマヌサーリーたちの村からアティトラーは王都に帰っていった。

優美で知恵に満ちたマヌサーリーは、ほかの女たちのように別れの悲しみを涙で表すことはなかったが、その目に浮かぶ心の痛みは隠しようがなかった。

王族の血を引き、名高い武将でもある王子、アティトラーもそこらの男たちのように未練がましい態度を見せなかった。悲しい顔も見せなかったが、いざマヌサーリーとの別れの時が近づくと、彼女と同じように奥歯をかみしめて悲しみの心を押し殺していた。二人が忍び、耐えながら味わったこの苦しみは、「愛人別離苦難」と呼ばれ、恋人どうしが離ればなれになるときに感じる心の痛みでもある。

＊　＊　＊

アティトラーは宮殿に戻った。アティトラーの話すことにはほとんどマヌサーリーの名前が出ずには済まなかった。宮廷の貴人たちはそんなアティトラー王子のようすを陰で笑っていた。またある者は、野遊びをしているときに幽霊にでも取り憑《とつ》かれたのではないかと考え、宮廷の陰陽師《おんみょうじ》たちに王子のようすを伝え、厄払いの手はずを整えようとした。

もっとも厄介だったのは、王子の婚約者で従妹《いとこ》でもあるバッダカリャー姫だった。姫にしてみれば心穏やかではいられなかった。それも無理はなかった。姫はやがて王子と結婚し、皇太子夫人になることが決まっていたからだった。

姫の取り乱しようは、とうとう王子の兄であり国王でもあるテッカリッ王の耳にも入るところとなった。

それで王はアティトラー王子を呼びだして尋ねた。

「わが弟よ、宮廷じゅうがマヌサーリー、マヌサーリーと言っておるが、これはいったいどういうことなのじゃ」

「兄君、国王陛下、申し上げます。マヌサーリーには文献学者たちが言う美しい姿の典型が備わっているのです。ターマーという小麦色の輝く肌、ミゲッキという鹿の目のような瞳《ひとみ》、タヌ・ミッザガッターというくびれた腰に張りのある胸、トゥールという象の鼻のようななだらかな股《もも》と腕の線、トゥケイティと呼ぶ豊かであでやかな髪に美しい眉《まゆ》にまつげ、タマパンディ・ダンディーという歯並びの良い白い歯、ガンビーラ・ナービというところの深く窪《くぼ》んだへそと丸みある腰つき、トゥテーリーというべき鍛え抜かれたかのような優雅な身のこなし、八つの美徳があるのです。それだけではございません。六十四の美徳、百八条の美徳も兼ね備えているのです」

「もうよい、弟よ。女人の美徳とは恋心によるものじゃ。恋にくらんだ目で見れば、貧相な尻《しり》に絶壁頭、唇の突き出た炊事場の女、あのミ・ウィンガーのような醜女《しこめ》でも、象小屋の糞《ふん》さらい、カーナーリのような男にとっては天女のように思え、気がついたときには子どもが十人も生まれていたというではないか」

アティトラーは不満だった。あの賞賛に値するマヌサーリーの美しさに、糞さらいカーナーリの女房を引き合いに出すとは、怒りで体が震えるほどだった。

「兄上、お言葉を返すようですが、マヌサーリーはみめ麗しいだけではありません。大変な知恵と知識を兼ね備えた、いわば女学者でもあるのです」

「わが弟アティトラーよ。おまえは戦の道に長《た》けた武者で学者ではない。学者でない者は、自分より多少ものを知っている相手をみな大学者のように思いこみがちじゃ。美人かどうかはそちの心情で判断できるであろうが、本当の学者かどうかはそちが判断できるとも思えぬ。識者、学者だけが判断できるものじゃ」

「もう一言お許しを。それでは兄上がおっしゃられたように、マヌサーリーが本当の学者かどうか、この宮廷へ連れてまいり、兄上の前で学者たちに質問をさせるのがよろしいかと存じます」

アティトラーの進言を受け、テッカリッ大王はマヌサーリーに裁判所長官に下賜する衣冠装束を与え、ひなびたパランヨン村から王都へ連れてこさせたのだった。

大王の所望したこととは、宮廷学識者四人にひとり一題ずつマヌサーリーに難解な質問をさせ、大王自らも何か質問することだった。この五問の問いを「宮中五大質問」と名づけ、もしも彼女が全部見事に回答できたら、王国裁判所長官の地位に任命するというものだった。

こうしてマヌサーリーははるばる王都へとやってきた。国王は宮殿の前の広場を臨時の裁判所にしつらえさせた。

マヌサーリーが「宮中五大質問」に答える日、宮殿の前はこの問答のやりとりを一目見ようという群衆でいっぱいになった。

マヌサーリーは純白の衣を選んで身につけると広場へ進み出た。そして高貴な女性がするようにうやうやしく着席した。アティトラー王子はマヌサーリーとさほど遠くない位置に立ち、見物の群衆と出題者の重臣たちをかわるがわる見比べた。

時間になった。錫杖《しゃくじょう》を手にした役人がどよめく群衆に向かい、もったいぶった態度で、これより出題者が質問し、臨時裁判所長官のマヌサーリーがそれに答えるものなり、と高らかに宣言すると、会場は水を打ったような静けさになった。

テッカリッ大王はせきばらいをすると、黄金の壺《つぼ》を高々と差し上げて言った。

「マヌサーリー、この金の壺の中には何が入っているか答えよ」

王の言葉が終わると「ええっ」「そんな」といった声が群衆の間から聞こえた。きっちりとふたをした壺の中身を答えさせるとはあんまりだと誰もが思っていた。でも王のお達しとなれば、誰も口をはさめなかった。

マヌサーリーがやってきたら思いきり困らせてやろうと考えていた元老たちも、王のこの質問には恐れ入ってしまった。自分たちよりもずっと汚い手を使っておられるとさえ思い、心の中で舌を巻いた。

マヌサーリーは席から立ち上がると、まるで雌ライオンのように落ち着き払って黄金の小壺の方へ歩いていった。そして聴衆の方を振り返ると、

「トー・エッカ・パーティー・ウィネイッサヨー・ホーティー（法の眼が、天からこの地に届く裁きを行わせたまえ）」の言葉で始まる呪文《じゅもん》を唱え、誰にもこびることなくこの質問に答えることを神の前に誓った。群衆はこんなにも美しく、またこれほどまでに勇気ある女性は見た

ことも聞いたこともない、とただただ口をあんぐり開けているばかりだった。

マヌサーリーは壺《つぼ》を手に取ると耳を近づけてみた。何も聞こえないので今度は壺を振ってみると、「コン、カラン、カラン」と音がした。そこで彼女は口を開いた。

「水と大地の神よ、並びに会衆の皆様、この質問は、何か含まれた意味があってそれで質問する、『外見が伝えし意味の問い』といわれるものです。それでは私マヌサーリーが、裁判をつかさどるウィネイッサヤパーラ女神の威信にかけてお答えすることにいたします。会衆の皆様が私の答え方をご記憶になられたら、きっと今後も役立つ知識となりましょう。

この金の壺を振ってみると、皆様も聞こえたとおり、コン、カラン、カランという音がしました。

手を一たたきする程度の時間、コンという音に、二拍分が二回聞こえるカラン、カランという音。さあ、この音の長さ、拍数を数えてみると五拍あることになります。

この五拍分の音の長さは、大地の神ボンマソウ・ナッと山羊《やぎ》座の星によって守られております。また今の時間は日曜日の正午ですので、ボンマソウ・ナッが支配するこの大地から実る作物と関係があることがわかります。日曜日の正午ですので、日曜日の方角を照らす作物でなければなりません。大王からのご質問ですので、支配の意味をくみ取ることができます。宮廷からのご質問ですので、色も金色であるはずです。よってこの壺の中には金色に塗ったマルメロの実がひとつ入っております[*4]」

マヌサーリーは大王に一礼すると、自分の席に戻っていった。

錫杖《しゃくじょう》を持った役人が黄金の壺《つぼ》のそばに歩み寄ると大王に許しを乞《こ》い、壺のふたを開けた。はたしてマヌサーリーの言ったとおり、金箔《きんぱく》を張ったマルメロの実がひとつころがり出てきた。

集まっていた聴衆はどよめき、マヌサーリーに賞賛の声を送った。アティトラー王子もうなずきながらマヌサーリーを激励した。

バッダカリャー姫は不機嫌そうに唇をとがらせ、アティトラー王子に始終鋭い視線を投げ続けていた。

こうしてこの日の問答は終わりとなった。

マヌサーリーのうわさは伝令の神が知らせたかのように、またたく間に国内はおろか他国にまで伝わっていった。

＊　＊　＊

第二日目。会場は前日以上のにぎわいを見せていた。

マヌサーリーは今日は赤い衣を選んだ。大型のペンダントに耳飾り、腕輪などの装身具は金ではなく、鉄で統一した。

時間になった。錫杖を持った役人が開会を告げると、元老のカパーランが立ち上がって高らかに質問した。

「マヌサーリー、宝石にはどのような種類があるか、またその中で最も価値のある物は何か」

マヌサーリーは席から立つと返答する場へ進み出ると、大王の方を向いて一礼した。

「トー・エッカ・パーティー・ウィネイッサヨー・ホーティー」で始まる呪文《じゅもん》を唱え、ウィネイッサヤパーラ女神に誓いをたてると、

「宝石についての質問は、『見識なき非難の問い』のひとつです。意味をご存じないまま出された質問でございます。ウィネイッサヤパーラ女神の威信にかけてお答え申し上げます。

宝石には二十四の種類がございます。緑柱石、ダイヤモンド、マハー・サファイヤとインドラ・サファイヤの二色のサファイヤ、猫目石、バドンマラーガ石、トパーズ、カラッタウォン石、トゥラーカ石、もう一種のトパーズ、ルビー、水晶、珊瑚《さんご》、ゾーティラッ石、ガーネット、ジルコン、硫黄《いおう》、真珠、法螺貝《ほらがい》、アンチモニー、ラザウォッタ石、エメラルド、琥珀《こはく》、ビャハマニ石でございます[*5]。

どの宝石に最も価値があるかということですが……」

（マヌサーリーはここで一呼吸置いた。聴衆も大王もどんな答えが聞かれるか、固唾《かたず》をのんで次の言葉を待っていた。）

「私マヌサーリーとしては、価値のある宝石などひとつもないと考えております。金の亡者たちは光る物なら何でも価値があると思っているものです」

大王は思わずうつむき、わが身を飾る無数の宝石に目をやった。承伏しがたい気持ちがむらむらと起こってきた。

元老カパーランが反論してきた。

「なぜじゃ、マヌサーリー。国が一国買えるほどの、最上級のルビーでさえも価値がないというのはいかがなものか」

「どんな物にも足の価値と手の価値というものがございます。手の価値というのは変わっていくものです。手のひらの形に似ていると言えましょう。足の価値というのは実用性に基づく一定の価値のことです。足の裏の形に似ていると言えましょう。そしてその価値は変わることがありません。

大臣のおっしゃる一国に値するルビーとは、めんどりにとってはトウモロコシの粒一粒ほどの価値もありません。大臣にとっても一杯の水ほどにも価値はありません。仮に砂漠に五日ほどもおいでになればそれがおわかりになると思います。

砂漠で水を飲まずに五日過ごされた後、誰かが一杯の水と一国に値するルビーを持って現れたら、水のほうを取るのが普通でございます。ルビーには一杯の水ほどの価値もないということです」

「すると、人にとっては日々の暮らしに欠かすことのできない米、油、塩、水に着物、家、衣食住こそ価値ある物となるな」

「それで私は宝石には価値はないと申し上げたのです。物の本当の価値がわからない、お金と物の亡者たちは単純に見る物、見る物を価値があると思いこんでしまいがちです」

マヌサーリーの言葉に誰も反論できなかった。この日の問答はこれでおしまいとなった。聴衆は前日以上に彼女に大きな声援を送った。

＊　＊　＊

三日目。会場は二日目以上のにぎわいを見せていた。

マヌサーリーは黒い衣と黒い装身具を選んだ。大きめのビーズを綴《つづ》った首飾り、耳飾り、大きな胸飾りのついたネックレスなどもめのうとマンガン重石でできていた。錫杖《しゃくじょう》を持った役人が開会を告げると同時に、大臣のローヒタが高らかに次のような問いを出した。

「マヌサーリーよ、戦士とは何種類に分けられているか。またその中でいちばん勇気があるのはどの戦士か」

マヌサーリーは「トー・エッカ・パーティー・ウィネイッサヨー・ホーティー」で始まる呪《じゅ》文《もん》を唱え、ウィネイッサヤパーラ女神に誓いをたてると言った。

「このたびローヒタ大臣がお尋ねの質問は、お考え、知識に混乱があり、それを説明してもらってすっきりさせたいという『思案のゆえの問い』のひとつです。ウィネイッサヤパーラ女神の威信にかけてお答え申し上げます。

戦士には十三の種類がございます。

ハッター・ローハという象に乗る戦士、

アッター・ローハという馬に乗る戦士、

ラティカという戦車に乗って戦う戦士、
ダノウッガハという銃、迫撃砲、弓を持つ戦士、
セイラカという大隊、中隊を指揮して戦う戦士、
サラカという軍旗を掲げて真っ先に突撃する戦士、
ペインダーイカという椰子《やし》の実売りが実の根元を切るように、敵兵の頭を切り落とす勇気のある戦士、
オウッガーラーズポウッタという何度も勝ち戦をした国王の弟、皇太子でもある戦士、
ペッキナンダという敵の陣地へ素早く切り込んでいって、帰ってくることのできる戦士、
マハーナーガという荒れ狂う発情期の雄象に出会っても、ひるむことなく立ち向かっていける戦士、
トゥーラーという大海を泳いで渡れと上官から命を受けたら、泳ぎ渡る勇気のある命令に忠実な戦士、
ダンマロースィナという、甲冑鎧《かっちゅうよろい》を身につけ、敵の軍団の中に飛び込んでいって戦える戦士、
ダータポウッタという、自分の主人から敵陣に突撃し、戦うように命令されたらそれができる奴隷戦士。
以上でございます。さりながら、戦士とはすべて意気地のない者ばかりでございますので、どれがいちばん勇気があるかということは言えません」

マヌサーリーの言葉を聞いて会場は騒然となった。その場に来ていた名立たる武将や戦士たちも不満をあらわにしていた。アティトラー王子でさえも、この答えには納得がいかなかった。大臣ローヒタも承伏できずに口を開いた。

「なぜじゃ、マヌサーリー、戦士とは意気地なしだなどと、どうしてそう言えるのか」

「大臣、戦士と呼ばれる人は心の中で、ほかの人々から意気地なしと思われることを大変に恐れております。どれほど恐れているかと言うと、死ぬことよりも恐れているのです。またそれゆえ、戦士は戦士であるのです」

宮廷の武将たちはマヌサーリーの言葉をかみしめながら、威厳を保ちつつもお互い顔を見合わせては恥ずかしそうにほほえみあった。アティトラー王子もひとり頭を振りながら、確かにというようににやりとした。

聴衆は二日目にもましてマヌサーリーに盛大な声援を送った。この日の問答はこれでおしまいとなった。

＊　＊　＊

四日目。会場は前日にもまして押すな押すなのにぎわいとなった。

マヌサーリーは焦げ茶色の衣を選んで身につけた。装身具は何もつけていなかったので、一見、瞑想《めいそう》修行の道にある女行者のようだった。

錫杖《しゃくじょう》を持った役人が開会を告げると、大臣のダムメイローが次のような問いを出した。

「この世において、修行を経て超能力を得た仙人を普通の人間が捕まえるのは、可能か否や」

マヌサーリーは「トー・エッカ・パーティー・ウィネイッサヨー・ホーティー」で始まる呪《じゅ》文《もん》を唱えると、次のように言った。

「このたび大臣がお尋ねの質問は、ご自分のお考えに他人を同意させたいゆえの『同意誘導の問い』のひとつです。ウィネイッサヤパーラ女神の威信にかけて、私マヌサーリーがお答え申し上げます。

普通の人間が仙人を捕まえようと思えば、それは可能なことでございます。ミャンマー文字を並べる呪文の法で捕まえるならば、上昇の子音で書く呪文によりそれは可能です。海の法螺貝《ほらがい》を粉にした薬を使って捕まえることもできます。

籐《とう》で弓を作り、黄色染料に使う薬草で弦を染め、鉄で作った矢で射落とすことも可能です。しかしながら、カラスを捕らえるなら、わながしかけてあることを悟られないようにすればそれもできましょうが、わながあることに気づけば、カラスはそれをよけて飛び去っていくことでしょう。

カラスよりも不思議な力を身につけた仙人を捕らえる方法はございますが、捕らえるのは易しいことではありません」

異議を唱える者は誰もいなかった。こうして本日の問答はこれでおしまいとなった。聴衆は前日にもましてマヌサーリーに大きな声援を送った。

＊　＊　＊

五日目。会場は最高のにぎわいを見せていた。マヌサーリーは青空のような色の衣に身をつけ、銀とダイヤモンドの装身具類を身につけた。

役人が開会を告げると、宰相が次のような問いを出した。

「この王国の裁判所長官には誰を迎えたらよいと思うか、マヌサーリー」

マヌサーリーは「トー・エッカ・パーティー・ウィネイッサヨー・ホーティー」で始まる呪《じゅ》文《もん》を唱えると、次のように言った。

「ご出題のかたご自身がお答えになりたくてお出しになられた『発言準備の問い』のひとつです。ウィネイッサヤパーラ女神の威信にかけて、私マヌサーリーがお答え申し上げます。

宰相ご自身がお心の中で裁判所長官に任命したいとお思いのかたこそ、裁判所長官としては最もふさわしいかたと存じます」

マヌサーリーはそう答えると、自分の席に戻った。宰相は席から立ち上がって言った。

「ご機嫌麗しい大君と会場のかたがたにご説明すべきことがございます。我が国では裁判を行う場合、裁判官たちが自分たちの好きなように判決を下しております。しかしながら五日ほど前、わが国にこの上なく必要な法の書を、編纂《へんさん》した者自らが元老院へ献納に参りました。それはまことに精緻《せいち》正確な法の書でございます。しかしながら、編纂した者はまだ一度も裁判所長官として任命されたことがありません。それゆえこの編者こそが裁判所長官の地位に任命されるべきと思います。

その書の名前は『マヌジェー・ダマタッ』と言い、その編者とはほかでもない、今ここにいる、裁判をつかさどるウィネイッサヤパーラ女神の化身、マヌサーリーでございます」

宰相の言葉が終わるか終わらないうちに、聴衆は歓声を上げて賛意を表した。こうしてこの日からマヌサーリーは裁判所長官の地位に任命されたのだった。

マヌサーリーは法廷からほど遠くない場所に家を建ててもらい、そこで暮らすことになった。建物の形が王女たちの住む建物のようだったので、一部の人々は彼女をマヌサーリー王女と呼んだ。

法廷で裁きをするだけではなかった。マヌサーリーは館の方に持ち込まれるさまざまな問いにも答えねばならなかった。中には知恵比べや無理難題をふっかけてくる者もいて、それにも見事に答えると、さらにまた国の内外から誰も解けなかったような争いごとの裁き、また謎解《なぞと》きを頼んでくる者が増えてくるのだった。

(作者の注：一部の人々がトゥダンマサーリーと言っている、博識の王女とは実はマヌサーリーのことであり、トゥダンマサーリーは実在していない。)

＊　＊　＊

皇太子の婚約者バッダカリャー王女はマヌサーリーの名声にこの上なく嫉妬《しっと》を覚え、事あるごとにマヌサーリーを亡き者にしようと画策していた。

あるとき、贈り物だといって、口にしたらすぐ死に至るほどの猛毒の入った食べ物を進呈した。マヌサーリーがそれを持ってきた女官の目の前で半分を犬に与えると、犬はその場で死んでしまった。しかしマヌサーリーは平然として残りを食べてみせた。

そして、自分はアワザラーと呼ぶ甘露の宝石を食べて修行したので毒が中和されてしまうのだと言った。

またあるときバッダカリャーは、妖怪《ようかい》ほどに恐ろしげな四人の囚人を密かに監獄から出してマヌサーリーの寝室に隠れさせ、彼女を犯したうえ、殺すように言いつけた。

そのときもマヌサーリーは、ただ四人をバッダカリャーの下に帰らせただけだった。

帰ってきた囚人にバッダカリャーが首尾をたずねると、マヌサーリーの命を奪おうとその寝室に足を踏み入れたとたん、いったいどこから現れたのか、全身真っ赤な巨人が四人出てきて自分たちを押さえつけ、さんざんに打ち据えたのだと言った。

ありとあらゆる手を使ってもマヌサーリーを殺すことはできなかった。バッダカリャー姫は彼女を殺すのはあきらめ、弟子となってその教えを乞《こ》うことにした。

マヌサーリーはバッダカリャー王女に「カーラー」と呼ばれる六十四の技芸を教えた。ニッサという舞い、ワーダナというあらゆる楽器の奏で方、ウェイッター・リンカーラ・タンダーナという衣服・装身具の選び方の知識、アナタ・ルーバウィバーワ・カラナという美顔・美容術、テイヤッタラナーディ・タンヨーガ・ポウッパーディガンタナという寝室、寝台を美しく快適に整えたり、糸で綴《つづ》って花飾りを作る方法、アネイカ・キーターリンザナという人々を楽しませるさまざまなゲームなど。

アネイカー・タナタンダーナラティ・ザーナナという時、所に応じた性愛の喜びの秘技、ミッザータワーディ・カラナという穀物や果物でさまざまな酒を作る方法、タッラハーリー・ワカーウェイッザナ・スーウィンというどんな弓矢、剣で受けた傷でも手当して癒す方法、アンナーディパワナという料理方法、ビザローパナーディという園芸の知識。

パーターナダドワーディ・ウィダーカラタミタラナという黄金やあらゆる宝石・貴石を灰に変える術、ウィッスウィカーラカラナというオオギ椰子《やし》やサトウキビから砂糖を作る方法、ダートー・タディタンヨーガーガーディ・クリヤーという黄金などと薬を混ぜて使う方法、ダートワーディ・タンヨーガ・ポウッバウィニャーナというさまざまな元素から新しい物質を作る方法。

カーラネイッカータナという火薬、塩、石けんなどを作る方法も、十八芸といわれる秘伝の技芸も、妖術使《ようじゅつ》いになるための絵図表や呪文《じゅもん》、錬金術も教えてあげた。

バッダーカリヤー姫はマヌサーリーからさまざまな技芸を教わりながら、いつかマヌサーリーをひどい目に遭わせてやろうとすきをうかがっていた。バッダカリヤーがマヌサーリーのすきをうかがっていたように、ギッサパニー王国もこのアパランタ王国に攻め入る機会をうかがっていた。やがて……

マヌサーリーたちの住むアパランタ王国を目の仇《かたき》にしていたギッサパニー王国は、兵を集結させるとと宣戦布告をした。そのため皇太子アティトラーは昼も夜も味方の兵を指揮する任務に忙しく、前のように毎日マヌサーリーの館に来ることができなくなった。

＊　＊　＊

その夜は月の明るい晩のはずだったが、垂れ込めてくる黒雲のため、月は存分に光を放てずにいた。

アティトラーはマヌサーリーの顔をじっと見つめながら無言のままでいた。

鈍い月の光の下で相変わらず美しい顔を見せながら、マヌサーリーは穏やかな声でアティトラーと戦のことを話していた。

「わが妹、マヌサーリーよ。私は戦場で大きくなってきた人間だ。以前は出陣となると楽しいように感じられたものじゃ。でも今はなぜだろう。戦に出向くのがいとわしいような気持ちになったきた」

「殿下、人の世の教えに男女が愛し合うということは、いきり立つ勇猛な戦士にさえも迷いの心を起こさせるとあります。私は殿下の勇猛な戦士の姿が見とうございます。もしも私に心引かれているとおっしゃるなら、戦に勝って帰ってきてくださいませ。私は勇気ある戦士を愛し、尊敬しております。勇気のない戦士はたとえどんなに高い位にあろうとも、どれほど財産があろうとも、愛することはできません。私マヌサーリーは勇気ある戦士であってこそ愛せる人間でございます、殿下」

アティトラーはほほえんだ。だが、そのほほえみにはいろいろな意味合いが見て取れた。

「天に住む梵天《ぼんてん》様は妻がほしければすぐそうできる、マヌサーリー。私は良き戦士になるよう選ばれて生まれてきたからには、外れた道へ行くことは許されぬ。私を信じてほしい。戦場から帰ってきたら、真っ先にわが愛しいマヌサーリーの下へ参る。待っていておくれ、妹よ」

「そしてお帰りになったら？」

「帰ってきたら、マヌサーリーのこのかわいい両の手をつかむぞ」

「両の手をおつかみになったら？」

「両の手をつかんだら、勇者の王子と学ある王女の恋の物語の始まりじゃ。そして兄君に申し上げ、結婚式を挙げるのじゃ」

「結婚式の後は？」

「結婚式の後は、勇気もあって学もある男の子や女の子を産ませるぞ」

「産ませた後は？」

「子どもたちが産まれた後は、私たちは幸せに暮らすのじゃ」

「幸せに暮らした後は？」

「幸せに暮らした後は、私もそなた、マヌサーリーも年老いて死を迎えるだろうよ」

「死を迎えた後は？　殿下」

「死んだらそれで終わりだよ。マヌサーリーや」

「それは違うと思いますが」

「おや、どういうことか」

「死なないようにいたします」

「死なないようにするなど、どうしたらできるのだ」

「回避の行《ぎょう》の術で私どもは死なないようにできるのです」

「死なないとしたら、私とそなたはいったいどうなるのか」

「死なずにさらに百年たつまで待つのです」

「何を待つと言うのか」

「爺《じい》が申しております。あと百年たつとこの世の中心にある国に、今いる天人、天女たちよりももっと威徳に満ちた、ゴータマ・ブッダというおかたが現れるそうです」

「そして……」

「そして、ただの人の身から偉い天人の身になられたそのおかたに、殿下と私とでお目にかかって両手を合わせてお祈りし、死なずに天人、天女の国へ行く方法をお尋ねするのです。そしてそのとおりにするのです」

「決して死ぬことのない世界などあるのか」

「ある、と爺は申しました。アマタ[*6]という世界だそうです」

「うむ、そうか。では私とマヌサーリーは、決して死ぬことのないアマタという世界へ行ってずっと愛し合うのじゃな」

「いいえ。……愛することはできないのです」

「何でできないことがあるものか。私もマヌサーリーも共にアマタへ行けたなら、また愛し合えるではないか」

「アマタには愛も憎しみもないと聞いております」

「何、そんなことがあるものか。私もそなたも一緒にいながら、愛も憎しみもないなどと。そなたの言うアマタとは、きっと物忘れすることなのじゃな。それ以外には考えられぬが」

「物忘れではございません。平和とお呼びになってくださいませ、殿下」

「それはおかしいぞ。愛する者どうしが一緒にいて、お互い愛せない場所がどうして平和であるものか。マヌサーリーよ、考えてもみるがよい」

「私もうまくは申せません。ただ、アマタとは良い所だとだけ聞いております」

アティトラーは自分が尊敬してやまない恋人マヌサーリー、知恵に満ちたマヌサーリーにさえはっきりと説明できないアマタとは、どんな所だろうと思った。しかし考えてもわからなかった。そして、これは並の人間に考えてわかるような問題ではなく、アマタについてもはっきりと理解するのは無理だと思った。

「まあ、よいではないか、マヌサーリー。わが妹の言うアマタについて、私はそなたを愛することができない、という点についてだけは気に食わない。しかし、そなたが行きたいと言うなら一緒に行こうではないか」

マヌサーリーはそれには答えず、ただほほえんでいた。アティトラーは腕の中にマヌサーリーを優しく抱き寄せ、その両頬《ほお》に口づけした。マヌサーリーも、獲物を食べて満足げにしている雌トラのように瞳《ひとみ》を閉じていた。その顔にほほえみを浮かべつつ。

「マヌサーリー、そなたの言うアマタとはこのように平和な所だろうか。このように素晴らしい時が過ごせる所だろうか」

「私もまだアマタへ行ったことはございませんので、どうしてお答えできましょう。でも、私がこれまで経てきたことの中で、今このときほどの味わいは初めてだと申し上げましょう、殿下」

「それなら何もアマタへなど行かないでおくれ」

「いいえ。爺《じい》が申しておりました。男女が出会った味わいよりももっと尊い味わい、比べることのできない味わいというものがアマタにはあるそうです。その味わいをウィモウッティ・ラタ、自由の味わいというそうです」

「それじゃ、一緒に行こう」

マヌサーリーの髪の生え際のあたりをアティトラーが優しくなでていた。月光は黒雲の向こうに次第に陰っていった。でも二人の愛の炎はさらに輝きを増していった。月の光はやがて消え失せていったが、愛の炎は月光よりも日光よりも激しい光を放っていった。

その夜はマヌサーリーとアティトラーにとって、思い出の一夜、決して忘れられぬ一夜となった。二人にとってその夜はあまりにも短く感じられるほどだった。

やがて夜が明け、鶏が時を作るころ、アティトラーは城へ戻る支度をした。

「ちょっとお待ちください」

マヌサーリーはそう言って館の奥へ入り、折り畳み写本を持って出てくると、それをアティトラーに手渡した。

マヌサーリーから受け取ったときは中に何が書いてあるのかわからなかったが、アティトラーが後に戦場でそれを開いてみると、驚いたことにそれは兵法、戦法の集大成の書だった。優雅で美しいマヌサーリーは、その身からは想像することもできなかったが、この兵法の書を書いていたのだった。

後世、アパランタ国はおろか遠く他国へも伝わった『戦国武将紅玉石兵法』という四軍すなわち象軍、騎馬軍、戦車軍、歩兵軍の兵法書、『家臣将兵読本』という戦勝への作戦書、『月光作戦』という接近戦戦術書、『槍之《やりの》団結作戦』という閲兵式典の書、『牛車作戦』という防戦の戦術書、そのほかに二十九種あるこうした兵法書は、マヌサーリーが戦場に赴く、愛するアティトラー王子のために贈り物として献上したものなのである。

美しかった一夜はその後、マヌサーリーとアティトラーの二人に再び還ってくることはなかった。

バッダカリャー姫はマヌサーリーの助けを借りて瞑想《めいそう》修行さえもしていた。教えてもらった錬金術の知識で鉄もぼろぼろにすることができるようになった。しかし、心の鉄はまだ朽ちてはいなかった。一方で姫は、マヌサーリーがその学識を用いて王座をねらっていると王に讒言《ざんげん》したのだった。

＊　＊　＊

ある夜、アティトラーが恋しくてたまらない気持ちを紛らわそうと、マヌサーリーはパトラ・ザカーラ石という透明な黒いダイヤで錫《すず》を覆って錬金術を行っていた。

錫は黒ダイヤと火の熱に耐えきれず、最後にその形状に変化をきたした。錫が変化を起こした瞬間、まばゆいばかりの光が発せられ、マヌサーリーの館はおろか夜空までも明るく輝いた。それはあたかも果てしない天までも届く光だった。

寝室でおやすみだったテッカリッ大王はこの光を見て仰天し、恐怖に襲われた。バッダカリャー姫から吹き込まれていた言葉を思い返し、マヌサーリーを処刑することに決めた。反面、もし彼女を処刑してしまったら、弟アティトラーが戦場から戻ってきてそれを知ったとき、とてもその事実に耐えられないだろう、それどころか自分を恨み、敵意を持つだろう、とも考えた。最後に残忍なある考えが浮かんだ。

翌朝、テッカリッ王はマヌサーリーを捕らえるよう命じた。マヌサーリーは裁判所長官の地位から引きずり下ろされ、さまざまな妖術《ようじゅつ》を使い、アティトラー王子の軍事援助を受けながら王座を乗っ取ろうとしていた国家反逆の謀反者《むほんしゃ》にされてしまった。

マヌサーリーが裁判所長官の地位を去った後、彼女に劣らない学識を身につけた国民の誰かがその地位を引き継ぐことになった。誰かいないか探してみると、マヌサーリーから習ったカーラー六十四の技芸を身につけたバッダカリャー姫がいた。それで姫が裁判所長官に任命されることになった。

こうして裁判所長官の地位を手に入れた次の日、姫はマヌサーリーが引き起こした王国への謀反の罪を裁くことになった。マヌサーリーはバッダカリャー姫に、自分は錫《すず》をパトラ・ザカーラ石で覆って錬金術を行っていたこと、そして錫の性質が変化を起こす瞬間、強い光が発せられるが、それは変化の結果であるだけで、ほかには何の威力もないのだと申し述べた。バッダカリャー姫もそうした錫の性質のことは承知していたにもかかわらず、知らん顔をして裁きを行なった。バッダカリャー姫は不正四道、私欲、怒り、無知、怖れの中から怒りに駆られて有罪を宣告した。

法廷のバッダカリャー姫は、マヌサーリーが編んだ『マヌジェー・ダマタッ』の書にも依拠して判決を下した。

「錬金術と妖術を使い、お国に対して謀反を起こそうと企んだ被告の女人、マヌサーリーの右手首を切り落とすべし。そして、牢獄《ろうごく》につなぐよう命ずる」

頬《ほお》に入れ墨をした刑罰執行人たちがマヌサーリーを取り押さえた。そして、言われたとおりにその右手首をざっくりと切り落とした。

マヌサーリーはこの刑を受けるとき、次のような誓いの言葉を唱えた。

「ああ、何という世の中よ。このマヌサーリーはお国に対して謀反《むほん》を起こそうなどとは、夢にだって考えたことはございません。わが身の潔白を誓うこの言葉により、切られた右手首の先は決して腐らず、永久に朽ちることがありませぬように。どんなに時がたとうとも、アティトラー様がお優しい愛の心でこの手首をつけてくださったら、また元通りに直りますように」

マヌサーリーは片手首を失ったうえ、牢獄《ろうごく》に幽閉される身になってしまった。刑罰執行人たちはマヌサーリーの手首をビロードの袋に入れ、バッダカリャー姫におささげした。姫はその手をあらゆる方法を使って切り刻もうとした。

研ぎあげた剣で刺してみた。鉄の熊手でひっかいてみた。しかし傷ひとつつかない。果てはふいごで吹いて焼き尽くそうとした。すると、まさに火中にあるというのに、手首は銅や鉄をふいごで吹いたときのような、まばゆいばかりの美しい金色の光を放ち出した。

バッダカリャー姫はとうとう、マヌサーリーの手首がやっと入る程度の大きさのるつぼを作らせ、その中に手首を入れた。そしてその上からパトラ・ザカーラ石、透明な黒ダイヤで覆って強力な火力を与えてみた。

マヌサーリーの手は錫の性質を変える手だった。「ジェーヤー」という秘術の図柄の入れ墨をした手でもあった。そのため、黒ダイヤに対して抵抗を起こした「ジェーヤー」、秘術の文字、ジャラというミャンマー語ナンゲー文字に似た形とシャジューというマ文字に似た形も反応して、すさまじい爆発を引き起こした。

国じゅうが激しい地震に襲われたかのように感じられた。一部の建物もこのため崩れ落ちた。池や沼の水も干上がってしまった。多くの人が命を失い、地鳴りが絶え間なく鳴り響いた。もはや国じゅうが大恐慌に陥っていた。爆発によって起こされた炎は消せないほどの勢いで燃え広がっていった。ある場所は大きな地割れにも見舞われた。

マヌサーリーはほかの囚人たちと共に崩れ落ちた牢獄《ろうごく》から去っていった。バッダカリャー姫はふいごで火を起こしていたとき、唱えていた呪文《じゅもん》のお陰で無事だったが、アパランタ国はそれから毎日のように地鳴りや地割れ、地震の被害に見舞われた。いったい何回の爆発が起こっただろうか。絶え間ない爆発により、国土はほとんど壊滅状態となった。

三日目にマヌサーリーの館に火が燃え移り、それが建物全体をすっかり覆ったとき、恐ろしい叫び声が響き、同時に激しい爆発が起こった。飛ぶ鳥をも落とす勢いだったアパランタ王国はこうして跡形もなく破壊され尽くしてしまった。

バッダカリャーは六人の女官と共に難を逃れ、パリーアヤッの方角へ逃げてきた。パリーアヤッ一帯は鬱蒼《うっそう》としたジャングルだった。そのジャングルに小屋を建てると、バッダカリャーは六人の女官と共に超能力を得る修行に励むようになった。

マヌサーリーも懐かしいマン川のそばの森の庵《いおり》に戻ると、そこで祖父と一緒に超人になるための修行に励むようになった。あと百年ぐらいしたら、悟りを開かれるゴータマ・ブッダという貴いおかたのお顔を、愛してやまないアティトラー王子と共に十本の指を合わせて拝みたかった。でも、その右手はもはやない。

マヌサーリーはあきらめなかった。もしも愛するアティトラー王子が慈しみに満ちた清浄の行《ぎょう》か、または恋人どうしの愛の情熱で、この片手をまたつなぎ合わせてくれるならこれほどうれしいことはないと、希望を失わずにいた。

あと百年ぐらいの後、この世で悟りを開かれる偉大なおかた、ゴータマ・ブッダにも想《おも》いを寄せつつ祈りをささげていた。四天王の神たちも、マヌサーリーの切られてしまった手首を恋人のアティトラーが探し出してくれるまで、決してなくなったり、形を失ったりすることのないよう、何度も心をこめて祈ってくれた。

マヌサーリーはまた、何とも言えぬほど美しい野の花を、その種が絶えることのないよう、これも願掛けのひとつとして地に植えた。ちょうどその花を植えていたとき、六人の妹たちがマヌサーリーに聞いた。

「マヌサーリー姉様、この花は何という名前ですか。どうしてこの花を植えているのですか、私たちにもお教えください」

「この花にはまだちゃんとした名前はないのよ。ただ、野の花とだけ言われているの。でも、あと百年ぐらいたったら、西国にあるお国でゴータマ・ブッダというおかたが誕生するわ。そのときになったら、この花をおささげしようと私は今から丹誠こめて育てているのよ。だからこの花は、ボウッダン・タラナン、仏にささげる花（カンナの花）という名前にしましょうね」

マヌサーリーはこうして森の中で、瞑想《めいそう》修行に錬金術の実践、魔法の図表を描いたり呪文《じゅもん》を唱えたり、超能力を身につけるためあらゆる修行をしながら毎日を過ごしていた。

バッダカリャー姫が混ぜてはいけない物質どうしを混ぜて錬金術を行ったことから、アパランタ国は大爆発に見舞われた。それがきっかけになり大地の性質もすっかり変わってしまい、新たな爆発が毎日のように起こった。やがて国土のほとんどは大穴や窪地《くぼち》に覆われ、すっかり荒廃してしまった。

（作者の注：有名なギリシャの賢人、アリストテレスはこう語った。この世界にはハーキュリーピーラーという土地のそばの大海原には、かつてレームーリーヤーとアトランタという二つの大陸があった。しかし、昔々の妖術《ようじゅつ》使いたちがお互い拒否反応を起こす物質どうしを混ぜ合わせたところ、大爆発が起こり、二大陸はすっかり海の底に沈んでしまった、と。この言葉を世界的な占星術師、カインロウが占ってみたところ、確かに正しいと証明されたという。また、現代の地質学者たちの中にも、この地域近辺の大きな岩山を調べたところ、これはメガトン級の爆弾の炸裂《さくれつ》か何かにより、吹き飛ばされてきた破片のようであると発表している。近代自然科学によって、こうした爆発の規模についても推定できるようになったのである。アパランタ王国とは、現在のミンブー、サク、セイドウッタヤー、ガペーあたりからタイェッ、パダウンのあたりまでを含む地域を指す。アパランタ国の王都をテッターと言い、王朝年代記ではこの都はパダウン・テッターとも書かれている。今のパダウン市はこの名にちなんでいるのである。）

王国では多くの人々が命を落とした。国土も取り返しのつかないほど荒廃してしまった。テッカリッ王自身が亡くなると、残された者たちも身の安全のため、みな他国へ逃げ出してしまった。

大半の者は後にセットーヤー・パゴダが建立された、パダウン方面へ逃れていった。それでこの地域には、長生きだってできますように、マン山の陰に寄りつつ、という戯《ざ》れ歌が今に至るまで残っている。

アティトラー王子はその間、それぞれ半身魚の山羊《やぎ》、人頭馬、さそりの軍旗を掲げた三つの大隊を率いて戦い、ギッサパニー国の城壁を包囲するまでに至っていた。そこへ故国はすっかり壊滅してしまったという知らせが入り、王子はついにギッサパニー国に降伏することにした。ギッサパニーの国王は、王子以下、軍の要職にあった司令官、連隊長、そのほかの将校たちを捕虜として捕らえ、残りの兵卒たちはみな奴隷にした。

アティトラー王子は囚《とらわ》れの身から二度、脱走を試みたが、二度とも失敗してしまった。しかし、ギッサパニー国のある学者の助けによって、三度目に逃走に成功した。

アパランタの都へと馬を駆ること九日、険しい道を乗り越えて、王子はついに故国へ帰りついた。そこで王子が目にしたものは、もとの姿がわからないほどに荒れ果てた故国の風景だった。かつて宮殿だった所、マヌサーリーの館だった所を必死になって探し回ったが、マヌサーリーの遺体は見つからなかった。傷心の王子は、やがてある場所からマヌサーリーのそれは美しい手首を見つけだした。

王子はマヌサーリーの手と他人の手を間違うことなどなかった。マヌサーリーの手はほかの女たちよりもずっと美しかった。そしてその甲には「ジェーヤー」という印の入れ墨がしてあるのだから。

アティトラーはここまで気力で持ってきたが、このときになってさすがにくずおれてしまった。王子が出陣する前にマヌサーリーは言った。あと百年ほどたったら現れる、ゴータマ・ブッダという貴いおかたに一緒にお会いして、天人の世から「アマタ」というさらに貴い世界に至る方法をお聞きしようと。そして、二人そろって「アマタ」へ行くのだという壮大で深遠な夢を語っていた。

王子の耳の中には今もそう言っているマヌサーリーの声が聞こえているようだった。両手を合わせてブッダをお祈りしたいと言っていたマヌサーリーももういない。その遺体さえも見つからない。王子には、彼女の片手は自分に別れを告げているように思えてならなかった。

一度も涙をこぼしたことのない、勇猛な戦士、アティトラー王子の目からぼろぼろと涙がこぼれ落ちた。王子は剣の柄を固く握りしめると奥歯をかみしめた。故郷アパランタ王国は、いったい誰のせいでこんなに荒れ果ててしまったのだろう。考えてもわからなかった。あたりには王子のほか、命あるものは何もなかった。

やがて王子はマヌサーリーの手を大きな二つの石版の間のすき間に丁寧に隠した。そしてその手が命あるものでもあるかのように、自らの鎧《よろい》を脱いでそれにかぶせた。

こうしてマヌサーリーの手を隠してしまうと、王子は剣の鞘《さや》を取り払った。自らの命を絶とうと王子は剣を振り上げた。

不意に雲間から射してきた日輪の強い光が、今まさにわが身に突き立てようとした剣の切っ先に反射して、アティトラーの目をくらました。

静まり返って墓場のようになり、命あるものなど何も残っていないはずのアパランタ王国の大地に急に激しい烈風が吹き渡った。

見渡す限りの大地が地震のようによろめき、激しく揺さぶられた。

正気ではいられないほどの心の打撃を受けたアティトラーにとっては、まっすぐ立っていることも難しいほどだった。

しかし、アティトラーはしっかり意識を保とうと努めた。強風に揺らぐ大地にも、自分の意志は決して揺らぐことはないのだ、と。

愛の力をアティトラーは固く信じた。この愛のためなら、誓いを曲げることなどないのだ、と。

あたりには誰ひとりいなかったが、アティトラーはこの世の始まりと共にある大空と大地を証人に、変わらぬ信念を誓うことにした。

小声で、しかし腹の奥底から発せられた声で誓いの言葉を唱えた。

「私が心から愛するマヌサーリーよ。私は今こうして、そなたのまことに美しい手首にしか会えないことが無念でならない。わが妹よ。私はそなたの体と手首を共に葬ってあげたいのに、そなたの体を見つけることができない。だから、共に葬ってあげられないのをどうか許しておくれ。

もしも、死後の世界というものがあるのなら、私はなんとしてもそこでそなたに会いたいと思う。そなたの言っていたゴータマ・ブッダという偉大な天人様にも、そなたなしでは私はお目にかかりたくない。

愛するマヌサーリーがもはやいないこの世に、私もこれ以上、命を長らえていたくはない」

その六
私とマヌサーリー

こうして私はウェイ・ルー・ウィンという不思議な中国人和尚の助けを借りて、ウー・テインマウン先生も解読できなかった分厚い原稿をミャンマー語に翻訳することができた。しかし、私の頭の中にはまだ解けない謎《なぞ》がいくつも残っていた。

それはマヌサーリーのことをもっと詳しく知りたいという、強迫観念にも似たものだった。そしてその思いは日に日に、まるで巨大な建造物のように膨れ上がっていった。

アパランタ王国が滅亡した後、マヌサーリーはそのままジャングルの中でアティトラーが迎えに来るのを待っていたのだろうか。そして、それからどうなったのだろうか。

切られてしまった彼女の右手首は今もあるのだろうか。あるのなら、ナンウェイ中尉が言ったようにチャウセー、ウェーブー山にある石の箱の中に隠されているのか。

ナンウェイ中尉はまた、マヌサーリーの恋人、アティトラー王子の生まれ変わりなのか。もしそうなら、マウン・チョーカインという大学生は何者なのか。彼もまた自分はマヌサーリーの恋人だと言っていたが。

マヌサーリーは本当にヤンゴン大学にやってきて、植物学専攻の女子学生になっていたのだろうか。そうだとしたら、ナンウェイ中尉が会っていたイスラム・インド人女性のビービーナーはいったい誰なのか……と、あれやこれや答えの見つからない厄介な疑問ばかりが私の頭の中に絶え間なく浮かんでくるのだった。

人間とは自分の知りたいことのためにいちばん苦しむ生物である。なぜならほかの生物よりも人間の頭脳は高等にできている。それゆえこうした苦しみを味わうことにもなる。それは母の胎内にいるときから人間に等しく背負わされた、逆らうこともままならぬ宿命である。それで私はますますマヌサーリーのその後の話が知りたくてたまらなくなっていった。

私は何か手がかりをつかもうと、マウン・チョーカインと出会ったサク市へまた出掛けていった。サク市周辺の村落へも足をのばし、誰かマヌサーリーの物語を知らないかと聞いて回った。それから、ナンウェイ中尉の言っていたチャウセー市の石の大箱へも再度足を運んだ。チャウセー市内で、錯乱状態になったナンウェイ中尉に手首を切られた若いインド女性の家にももう一度行ってきた。

こうして金をかけ、心身共に疲れ果てても、依然としてマヌサーリーに関する手がかりは何もつかむことはできなかった。最後に、ある友人の助言により、私はザガイン市に住む有名な作家、ザガイン・ウー・ポウティン[*1]を訪ねた。

というのは、この作家は『マヌサーリー』と題した本を書いたことがあるからだった。私はザガイン・ウー・ポウティンに私の体験を話し、マヌサーリーのことについて聞いてみた。作家はあたかも珍しい生き物でも見るような顔つきで私を見つめていた。しかし、やがて資料の束を出してきて私に見せてくれた。

「わしにはあなたの言う、マヌサーリーのことは何もわからん。また、どうにも信じがたい話だと思う。でもね、あなたがこうやってきちんとお話ししてくれたお陰で、やはりそれは本当だと信じるほかはありませんな。困ったことに、わしの書いたマヌサーリーとは、古い貝葉《ばいよう》にあった物語を元に書いたもので、わし自身は何も知らんのですよ。もし、あなた、ご興味があるなら、ごちゃごちゃになっていますが、このわしの資料をお読みなさい。いやなに、かまいませんよ」

この高名な作家は知識人らしく、私が持ち込んできた「歴史の謎《なぞ》」問題は私自身が解決するようにと、やんわり私の方に押し戻してきたのだった。

私も作家のメモ書きや資料、書きかけの原稿を七日もかけて読ませてもらったが、私が求めているマヌサーリーに関する情報は見あたらなかった。

それで、ザガインを後にした後、その昔、マヌサーリーの物語に現れるアパランタ国、テッターの都があったとおぼしき、パダウンの幹線道路沿いのある村を訪ねてみた。

（作者の注：王朝年代記などではパダウンをたびたびパダウンテッターと記している。しかし、村人たちはマヌサーリーの話はおろか、今、彼らが暮らしている場所がかつては殷賑《いんしん》を極めた都だったことも知らなかった。それどころか、中には私の言うことを信じようとしない者すらいた。)

私はパダウンの幹線道路に沿って、あたりの土地をくまなく観察してみた。すると、道の片側の土地にいくつも大きな窪《くぼ》みがあり、よくそこに強盗が潜んでいて通行人を襲うと言われている場所に行き着いた。そのあたり一帯を注意深く見回すと、そうした窪《くぼ》みだらけの地形は自然にできたものというより、何か激しい爆発の結果できた跡のようだったので、さらに気をつけて観察した。

いくつもの大きな窪《くぼ》みや塹壕《ざんごう》のような形状ができている土地は、かなりの規模の城塞《じょうさい》都市が入るぐらいの広さがあった。これを見ると、錬金術でマヌサーリーの片手首を粉砕しようとして大爆発を起こし、それで破壊されてしまったテッターの都は、ここにあったに違いないと思われた。

城壁の一部も、何か強力な高熱によって溶けてしまったような形状をはっきりと残していた。相当な深さのある溝状になった底に、きれいな四角形を保った石材が残っていた。これもかつてこの場所に暮らしていたテッターの都の住民の造ったものであろう。ただの自然の岩だったら、こんなにきちんとした四角形になることはあるまい。私はそう考えた。

私は二週間ぐらい露営ができるに足るイワシのトマト・ソース煮の缶詰、パン、マッチ、ろうそくなどの品を買い込んだ。そして誰の世話にもならず、私ひとりだけで十五日ほどかけて根気強く、大きな窪《くぼ》みの中をひとつひとつ調べ、テッターの都の痕跡《こんせき》を探そうとした。

しかし、マヌサーリーにつながるものや、テッターの都がそこにあったというはっきりした証拠は見つからなかった。その場を引き揚げようとした日、小高い丘の上から私は強盗たちが通りかかった一台の車を襲っているのを目撃した。私は身を隠して持っていた航海用の望遠鏡で犯人たちの顔を見て、逃走した方向などを確認すると、パダウンの警察署へ行ってそれを通報した。それでその日の午後、犯人はひとり残らず逮捕された。

それから二日ほどたつと、新聞には幹線道路の強盗事件と並んで、犯人逮捕に協力した私のことも掲載された。

新聞に強盗と私のことが載って数日もしないうちに、弟分ワインマウンと私の親友コウ・セインヤが現れた。そして私にヤンゴンに帰るように勧めてきた。

ほとんど彼らに引っ立てられるようにしてヤンゴンに帰ってきたものの、私の頭の中はいつも何としてでもマヌサーリーの話の先が知りたい、という思いでいっぱいだった。

先にも述べたように、人間とは自分の知りたいことのためにいちばん苦しむ動物である。そのため自分の行ったことのない所へ行ってみようと、山を越え谷を越え、密林の中を進み、大海原を乗り越え、果てはほかの惑星にまで行ってみようとする。前人未踏の土地へ行き着こうと大変な努力を重ねる。そうした努力はただ一つ、まだ知らない場所のことを知りたいがため。

そしてそんな思いがまるで機関車の動輪のように私を駆り立てていたのだった。

この知りたいという思いは、すべての人にかかわっていることもある。また本人ひとりだけの問題であることもある。本人ひとりだけにかかわる場合、他人に協力を求めてもそれが得られることはないだろう。結局、本人が努力して突き進むしかないのだ。

それで私もマヌサーリーのその後の話を詳しく知りたかったら、自分ひとりでがんばって行くしかないと考えた。親友コウ・セインヤと弟分のワインマウンと共にヤンゴンに戻ってきたと言っても、それで私のマヌサーリーへの気持ちが衰えることはなかった。

時間のある限りマヌサーリーのことを考え続けた。もうほかのことなど何も興味が起きなかった。しまいに、こうした気持ちが私の思考をすっかり支配するようになった。マヌサーリーのことがわかったらそれが私の最高の喜びとなるはず、マヌサーリーのことを知るためには命を投げ出しても惜しくない、とさえ思うようになった。

私がこうした境地に達すると、私の友人たちばかりか、大いに私に敬意を払ってくれていたワインマウンでさえも、私は狂ってしまったのだと思いこむようになってしまった。

私はまたナンウェイ中尉と大学生のマウン・チョーカインにも会ってみたくてたまらなくなった。しかし、この希望は実現しなかった。私はもはや商売にも興味を失い、店のことはいっさいワインマウンに任せ、自分の気の向くままに出歩くようになっていた。

幸か不幸かわからないが、ある日、私の従姉《いとこ》、マ・キンセイン[*2]が現れると、無理やりに私を車に乗せてインセインに連れていった。姉さんは警察署の幹部であるご亭主とインセインに住んでいた。

私も断りきれなくて一緒に来たのだが、姉さんの家に足を踏み入れると同時に私は状況を察した。姉さん夫婦は私が悪霊に取り憑《とつ》かれて狂ってしまったのだと思い、家に祈禱師《きとうし》を呼んで悪魔払いをしてもらう手はずを整えていたのだった。

ささげもののバナナの房だの椰子《やし》の実が盆の上に盛ってあり、ろうそくが何本もともされていた。外から見えないように家じゅうの窓が閉ざされ、入り口の扉だけが開け放たれていた。祈禱師の先生らしい人物が部屋の奥にいて、キンマをかみながら、がらの悪そうな態度で私の方をジロリと見た。

姉さんの夫の警察官が、にこやかに私を出迎えて家の中に招き入れようとした。彼のそばには四人の若者たちがいた。若者たちは私と兄さんのようすを興味津々で見ているように感じられた。

マ・キンセイン姉さんが大きい声でせかすので、私も家に上がった。

「先生、これも先生のお力ですねえ。あたしがこの人のうちに着くと、この人、ちょうど出掛けようとしていたときで。ほんと、運が良かったですよ。すんでのところだったんですよ」

「ドー・キンセイン、どうして出掛けられるものかね。お前さんが家を出てからずっと、このわしが、シュエダゴン・パゴダのボウボウジー*3にも村々の鎮守様にも、きょうは当人がどこにも行けないようにつかまえておいてくださいと、お願いしていたんじゃからな」

「いやあ、だからでしょうな。じゃなければ、そうは行きませんなあ」

兄さんが言った。

「あのですね、先生。すでにお話ししたとおりですけどね。この人がマヌサーリーという女の背後霊にいつ取《と》り憑《つ》かれたのかはわからないんですけど、取り憑かれてからというもの、寝ても覚めてもこの背後霊のことばかりなんですよ。この人の弟分マウン・ワインマウンが知らせに来てくれて、あたしどももこれはもう先生におすがりするほかないと思いましてね」

「うんうん。わしも上からのご指名でポパ山[*4]の方へ行かねばならんでな。それでウー・フラマウン、ドー・キンセイン、お前さんたちのところへすぐ来ることができなかったんじゃ」

それで読めた。まったく、私の弟分、あのちびのワインマウンが姉さん、兄さんの所へやってきて、私に悪霊がとりついていると言った張本人だったのか。今、先生、先生と呼ばれている人物も何とも下卑た顔つきで、とても尊敬できる感じではなかった。話し方もまるで似合わない尊大なしゃべり方だ。口先ばかりに自慢ばかり、自意識過剰のたちのようだ。よっぽど自分を偉く見せたいのだろう。

この先生は、自分はどれだけ修行したかということも盛んに口にしていた。話す言葉にもデリカシーというものがまったくない。言葉遣いも、仏陀《ぶっだ》に敵対した悪の八大権化のひとつ、大羅刹《らせつ》アラワカ神さえ怖れぬ話しぶり。先生が退治されたという悪霊も大物ばかりで、しかも超能力を持つ映画の主人公よろしく、すべてやっつけてしまったという。しまいにはその荒ぶる悪霊たちも彼の足元にひれ伏して「負け」を認めた、などということばかりを、耳にたこができるほどに繰り返し口にしていた。

彼の聖なる鞭《むち》のことも講釈していた。この鞭は彼自身が作った物ではなく、ポパ山で瞑想《めいそう》修行をしているときに、山の守り神が贈り物にくれたとかなんとか言っていた。

ともかく、私はこの先生とやらにとうてい畏敬《いけい》の念を抱くことはできなかった。しかしながら、彼の鞭のほうにはちょっと身構えてしまった。もしも私に悪霊が取り憑《つ》いているということになると、このシュシュッとうなる鞭が私に振り下ろされるのは間違いないではないか。

「さあ、仏様に頭を下げたら、このわしにも頭を下げるんじゃ」

こんな先生に言われるまでもなく、私は御仏《みほとけ》に対して頭を下げることぐらい知っている。こんな先生とやらに頭を下げる必要などまったくない。私自身が、何か障りに取りつかれているので治してくださいと頼んだのでもないのだ。それで頭を下げずにいた。

「頭を下げるんじゃ」

「あんたがたはいったい何をしてるんです。あなたに頭を下げるわけにはいきませんね」

「ハッハッハッ……」

先生がもったいつけた態度で笑い声をたてた。そして、これまたもったいつけた態度でキンマをかんだ真っ赤な唾液《だえき》をペッと吐き出した。

「わしに逆らう背後霊、来たな。さあ、取り押さえろ」

先生が命令すると同時に私は身動きができなくなった。まったく不意をつかれてしまった。コウ・フラマウン兄さんとその部下の若いお巡りたちに取り囲まれたと思うや、私はあっという間に縛り上げられてしまった。それどころか、手錠まではめられてしまった。

私は恐怖に襲われた。先生が鞭《むち》を一振りして私の前に立ちはだかった。

「背後霊マヌサーリー、さあ出てこい」

ビシッ。

先生の鋭い声と重なって、鞭が力いっぱい私の体に振り下ろされた。激しい痛みを感じたが、男の体面を保とうと奥歯をかみしめて声を出さずに耐えた。

「さあ、すぐ出てこい」

ビシッ、ビシッ、ビシッ。

マヌサーリーも現れないし、私も痛みに耐えかねて、先生にもう打たないように懇願した。

「ふふん、わしにはそんな子どもだましは通用せんぞ」

ビシッ、ビシッ、ビシッ。

痛みをこらえ、声を押し殺しながら、私の体からは脂汗がしたたり落ちた。汗だけではない、血までしたたり落ちてきた。

先生はなおもかまわず鞭を振り下ろしてくる。鞭を振り下ろしながら、私の体を足蹴《あしげ》にもし始めた。

「おい、若者。団扇《うちわ》じゃ。ちょっと風を送ってくれ」

先生は尊大な言い方で、そばの若いお巡りに自分を団扇であおぐように言った。鞭《むち》打ちをする側も疲れて汗だくなら、される側の私はどれだけつらい思いをしていたかは言うまでもないだろう。

先生は一休みするとまたなおも私を打ち据えた。

ビシッ、ビシッ、ビシッ。

鞭のうなる恐ろしい音が私の耳に響いていた。あまりの痛みに、声を押し殺しながら私の体はブルブルと震えだした。

このように全身ブルブルと震えている私を見ながら、姉さんがとんでもないことを言っていた。

「先生、悪霊ももう少しで出てきそうですね。ほら、体に震えが来てますよ」

先生もそれに答えた。

「そうじゃ、マ・キンセイン。出てこないで済むものか。さあ出てくるぞ。マ・キンセインもわしの秘術を何度も見てきて、ずいぶんとようすがわかるようになってきとるじゃないか。だから賢人には近づくべし、知識のある者と共にいて学べ、と仏様もおっしゃったわけじゃ」

ビシッ。

先生がもう一回、私に鞭《むち》を振り下ろした。私もまた奥歯をかみしめてこらえた。鞭はその後も絶え間なく振り下ろされた。こうしてめちゃくちゃに打ち据えられているうちに、私の目はかすみだしてきた。先生の姿もそのほかの物もだんだん見えなくなってきた。それに恐ろしい鞭のうなりも次第に聞こえなくなってきた。やがて何も感じなくなってきた。

鞭打ちの痛みにこれ以上耐えきれず、私は気を失ってしまったのだった。

どれほどの時間がたったのだろうか。意識が戻ってきた私の目に映ったものは、私を取り囲んで団扇《うちわ》であおいでいる人々、そして格好つけながらコーヒーを飲んでいる先生の姿だった。私の自由を奪っていた手錠も今は外されていたのがわかった。意識が戻ったばかりの私に姉さんが声をかけてきた。

「おや、あんた。意識が戻ったのね。さあさあ、コーヒーよ。お飲みなさい」

そう言って、私の前にコーヒーカップを置いた。先生は上座の方に座り、相変わらず尊大な態度でコーヒーを飲み飲み言っていた。

「悪霊落としも楽ではないぞ。今だってそうだ。わしが呼び寄せると背後霊の女ももう少しで出てきそうだったんだが、しっかり取り憑《と》《つ》いて出てこんのじゃ。だがな、いつまでもこうはいかんぞ。さあ、もう一度打ち据えて追い出さなきゃならん。わしも手荒なことはしたくないので、こうやって時間をかけてやってるんじゃ」

先生の言うことを聞きながら、私はむらむらと怒りがこみ上げてきた。これほど長時間にわたって人をさんざん打ちのめしておいて、手荒なことはしたくないだと？　この厚顔無恥ぶりに私の怒りは爆発しそうになった。

先生はコーヒーを飲み終えると、今度は外国たばこのトリプル・ファイブをふかしていた。それを口の端に加えたまま、

「今こうやってわしが鞭《むち》で力いっぱい打って、打たれた本人は痛いと思うかね。なに、痛いものかね。痛がっているのは背後霊の女じゃ。打たれている本人は何が起こっているかもわからないんじゃからな」

と抜かした。これで私もとうとう切れた。痛みのあまり気を失った本人を前にして、本人は痛くありません、などとよくもしゃあしゃあと言えたものだ。この発言は私の心臓を剣でつついたかのように刺激した。これほどまでに残酷で、ペテン師で、二枚舌の連中に思い知らせてやる時が来た。私は立ち上がって先生の襟首をつかみあげると、固く握りしめた右手の拳《こぶし》でその顎《あご》のあたりにアッパーカットを食らわした。先生は「うっ」という短い声を発すると、そのまま大の字になって床の上に長々とのびてしまった。

姉さんも兄さんも、私を取り押さえていた若いお巡りたちも、誰も止めに入るすきがなかった。

「あんたったら、なんてことしてくれたのよお」

おろおろした声で姉さんが言った。私は引きむしるようにシャツを脱ぐと、まだ血に濡《ぬ》れている、生傷だらけの上半身をさらした。

「あんたがたの先生とやらがこうして痛めつけてくれてできた傷が見えませんか。それでも先生は、本人は痛くない、などとおっしゃってるんだからな。僕には何の背後霊も取《と》り憑《つ》いていないし、悪霊もいません。あんたがたの先生は単なるうそつきです。いいですか。先生の意識が戻ったら言ってやりなさい。またこんな風に人に危害を加えたりしたら、今度はお前の命はないぞ、ってね。今のところはこの程度で許してやる、ってね。あんたがたのように思慮の足りない人たちの中で、こうした先生のような輩《やから》の言うでたらめを信じ、ヒステリーという錯乱状態になる病の人たちで命を落としてしまった例だって少なくないんですよ」

私はこう言い終えると、姉さんの家を後にした。

後で聞いたところによると、私がアッパーカットを食らわした先生は翌日まで、口がきけなかったということだ。さらに調べてみると、この人物はある有名な白魔術の団体の総師であるということだった。

帰宅すると、私はワインマウンに言いつけて、全身を覆っている切り傷、擦り傷をお湯で洗わせ、薬をつけさせた。傷に薬をつけてもらいながら考えた。金銅合金の小壺《こつぼ》を手に入れようと思ったときからずいぶん苦労してきたものだ。金だって相当使った。壺を手に入れた後も、壺の表面に書かれていた文字のためにまたずいぶん苦労した。文字の意味がわかった後も、それに連なって現れた古文書の束のため、また苦労を重ねた。この古文書をウェイ・ルー・ウィンという中国人和尚が翻訳してくれても、今度はマヌサーリーの物語のその先が知りたくて、パダウンやサクにまで手がかりを探しにいった。

果てはとうとう、悪霊落としの先生の鞭打《むち》ちまでたっぷり頂戴《ちょうだい》することになってしまった。それならマヌサーリーにかかわることは、もうこれ以上詮索《せんさく》するのをやめたら苦労も終わり、平和な暮らしが戻ってくるだろう。

そう考えた私は、服を着替えると夕方六時ごろ、シュエダゴン・パゴダへ出掛けていった。もう今後は金輪際、マヌサーリーと私をかかわらせてくださいませんように、とパゴダでじっくり祈りをささげるつもりだった。

私は市街地側の門から入っていくと、花売りたちからフトモモの小枝とグラジオラスの花を買い、パゴダを囲む七曜の祠《ほこら》のうち、私の生まれ曜日である日曜日の祠《ほこら》の前にやってきた。[*5]

シュエダゴン・パゴダの回りには大理石が敷き詰めてある。人々はそこに座して静かに祈りをささげたり、数珠《じゅず》をつまぐったり、また連れだって歩いたりしていた。夕刻の藍《あい》色の空を背景に、黄金色に輝くシュエダゴンの大パゴダは何ともありがたく感じられた。境内の明かりもいくつかともり始め、その光を受けてパゴダはいよいよ荘厳さを増していた。

日はまだ完全には暮れていなかった。一日の終わり、そして夜の始まりともいうべき黄昏時《たそがれ》は、ほかのどの時間よりも仏教に帰依する善男善女たちを清らかで敬虔《けいけん》な心に導くと私は感じた。

ゴータマ・ブッダもこのような黄昏時に五人の弟子を前に大法輪の法を説かれたというが、

きっとこの時間の持つ神秘的な力を大いに利用されたのだろう。

　私は日曜日の祠《ほこら》のところにある大きなつり鐘のそばで一休みしながら、大パゴダを仰ぎ見た。それからつり鐘のわきにある細い通路に腰を下ろすと、精神を集中させて自分の願いを口の中で唱えてみた。唱え終わると、ぜひともこの望みをかなえていただけるように、もう一度心の中で唱えてみた。もっと唱えてみようと、また目を閉じてパゴダの方向に神経を集中させかけると、私のすぐそばからそれはつやがあり穏やかで、何度聞いても飽きないような美しい声が聞こえてきた。単に美しいだけでなく、また驚くべき声でもあった。それは、祈りをささげる若い女性の声で、ミャンマー語やパーリ語といった聞き慣れた祈りの声ではなく、なんと英語でこう祈っているのだった。

「非暴力。肉体と精神における非暴力こそ、仏教徒の守るべき最も基本の教えでございます。悪魔や罪悪とあいまったあらゆる暴力と残忍な行いは、欲と怒りと無知の結果でございます。自己中心な言動は、やがては自殺行為に等しいものとなり、身近な人々にも危害を加えます。それはプトジャナ・プガラス、つまり貪欲《どんよく》の喜びと勝利だと考えられているとおりです。

　でも、それは勝利ではございません。

　真の勝利とは、自分の内なる敵、欲と怒りと無知に打ちかつことでございます」

　このように英語で唱える声は、ますます私に耳を傾けさせた。私はそれ以上パゴダに向かって精神を集中し、自分の望みをかなえてもらうため祈り続けることができなくなり、声の聞こえてくる方に目をやった。そこには年のころ、十九歳ぐらいの若い女性がカンナとグラジオラスの花束を両手に、瞳《ひとみ》を閉じて祈りをささげていた。

私は祈りをやめ、彼女の近くへ身を移すと、じっくりとその姿を観察した。彼女はその黒髪を、古代髪結い装束五十五種にある、「黄金雲形結い」のような形に結い上げていた。私はかつて、古代ミャンマー女性の五十五種類の髪型について書かれた、中国の古い折り畳み写本を手に入れたことがある。そこに宮廷女性歌人ヤウェー・シントウェーがアンジン形式で女性の髪型のいろいろを歌った一首があるのを読んだので、彼女の髪型を見るや、歌にあった黄金雲形結いだとわかったのだった。[*6]歴史家たちの言うところでは、この髪型はタイェーキッタヤー時代よりも古い時代に女性たちが結っていたもので、それを裏付ける資料もあるということだ。

私はまた以前、ルース教授[*7]と一緒にパガンにある数々のパゴダの調査に行ったことがある。そしてミンナントゥー・パゴダの中で、壁画に描かれた女性のひとりを指さしながらルース教授が、

「あの女性の髪型は、時代を物語っているようなものだよ。こうした髪型は西暦四世紀ごろに女性たちの間で結われていた髪型のひとつなんだ」

と、教えてくれたこともある。そこで私が学んだ髪型も、黄金雲形結い、とヤウェー・シントウェーがアンジン歌で詠んだ髪型だった。彼女の肌は白すぎもせず、黄色味が強すぎるでもない、やや色白で、そこにほんの少し薄緑を混ぜたような何となく黄緑色を感じさせる色合いの

肌だった。

顔立ちは鼻筋が通り、形のよい唇に眉《まゆ》、濃く長いまつげをしていて、女性の美をすべて集成したような、目をみはるような美女だった。細い首にうっすらと見えるしわもまた美しかった。

体つきも太りすぎず、やせすぎず、背も高すぎず、低すぎず、「繊細にくびれ、大胆にして豊満な。たおやかに細く、はちきれんばかりの命。帝釈天《たいしゃくてん》手ずからの彫像にも似て」と古い書物で表されていた、帝釈天自身が彫り上げられた彫刻でさえも、この若い女性の美にはとうてい太刀打ちできないのではないかと思われた。

彼女が身につけていたミャンマー式ブラウス、エインジーは手首まで覆った長袖に、胴体にぴったりあった形で、炎か太陽のように輝く、金色ともいうべき色だった。

彼女の姿を見つめているうちに、私は大学の教養課程で習った、

「ライムの一葉か、うるわしき金の耳たぶ、形よく開きて。

うるわしきそののど元、愛らしきすじ模様ある鸚鵡《おうむ》の首にも似て」

という、オンマーダンディーの美しさをたたえるピョ歌を思い出した。[*8]

「金翅鳥《きんしちょう》の女鳥、優美な面《おもて》に笑み浮かび。男鳥と離れた日には心の底まで悲しかり」[*9]

という詩や、

「洗練の極み、その姿。六層の天女の国から降りしものかも」

という詩、また

「黄昏《たそがれ》時の薄闇に、かいま見たるはヤカイン一のあで姿なりや」[*10]という歌など、私が習ったことのあるピョ、ヤドゥ[*11]、アンジン、あらゆる形式の古歌で女性の美を愛《め》でる歌の節を一斉に思い出してしまった。もしも、女性美をうたった古歌をたくさん暗記している者に賞品でもくれるというなら、間違いなくこのときの私は一等賞に値するくらい吟じまくってみせただろう。

ミャンマーの古歌だけではない。私はヨーロッパのバレー音楽に入っている女性の美を愛でる場面、それからロード・テニソンにウィリアム・ワーズワースの英語の詩やオマル・ハイヤームの詩も思い出さずにはいられなかった。

私はいったいどれほどの時間この若い女性を見つめていたのだろう。この女性は私に向かって英語で話しかけてきた。

「ここにいらして、なすべきことをなさらずに、どうして他人を見つめてばかりおられるのですか」

私は夢から覚めたかのように現実に引き戻されたが、思わずなおもこの女性を見つめてしまった。女性は両のまぶたを閉じたまま、私に語りかけていたのだった。

彼女の英語の話し方は、「ロンドン英語」と呼ばれるロンドンの品のある男女が話すような感じだった。

私も英語でこう答えた。

「おっしゃるとおりです。これほどまでにつややかな声、見飽きることがないほどまでの美しさには、出会ったことがなかったものですから、私はあなたを見つめていたのです。もし無礼があったら、どうぞお許しください」

　この言葉を言い終わると、彼女は閉じていたまぶたをゆっくりと開け、私の方に顔を向けた。その澄みきった輝きに私は思わずじっとその瞳《ひとみ》を見つめてしまった。彼女も私の方を見つめながら、ゆっくりと、しかしはっきりとした発音で聞いてきた。

「英語のほかにどんな言葉がおできになりますか」

「私はミャンマー語だったら何不自由なく話せますよ」

「サンスクリット語はおできになりまして？」

「いいえ、できません」

「パーリ語はいかがですか」

「できませんが、大学時代に少しは習ったことがあります。十分に使えるというわけではありませんが」

「お気になさらずに。それでは、ミャンマー語でお話ししましょう。ちょっとお待ちください」

　彼女はしばらく目を閉じて、パゴダの方に精神を集中させると、また目を開けた。そして落ち着き払った物腰で私に話しかけてきた。

「おまえはわらわを知っているのか」

　この若い女性の言葉を聞いて、私は驚いて彼女を見つめ返した。どう見ても二十歳にもなっていない娘が私に向かって、おまえ、とは、この娘は本当にちゃんとミャンマー語がしゃべれるのだろうかという気になった。祈っていたときも英語で祈りをささげていたし、私にサンスクリットはできるか、パーリはできるかと聞いてきたり、いったい何族の娘なのだろうかといぶかる気持ちがわいてきた。

「おまえに聞いておるのじゃよ。わらわを知っているのか、と」

「知りませんよ、お嬢さん。それから、だいたいにして、私はもう五十六なんですよ」

自分の娘か、姪《めい》のような若い女性から、おまえ、と呼ばれたくないことを、私はもう五十六なんですよ、という言葉に含ませて知らせようとした。

「まだ五十六とな。ずいぶん若いものじゃな」

「えっ、何だって。私がまだ若いだって？」

「若いか、年上かということを比べる方法はただ一つ、自分より年老いた者に会えば自分は若くなり、自分より若い者と比べたら、自分のほうが年上になる。だから、低いか高いか、良いか悪いか、遠いか近いかといった、二者対比は比較の概念によって成り立つもの。全面的に正しい、常に正しいといった絶対的真理、真実の結果とは相入れぬものじゃ」

「それで？　お嬢さん」

「それで、おまえの年が五十六歳だというのなら、おまえより年下の者たちにとっては、おまえは叔父の年、父親の年、祖父の年ということになる。しかし私と比べたら、息子、孫、ひ孫に玄孫、玄孫の息子に孫、ひ孫、という子孫七代の系譜の中でいちばん若い、玄孫のひ孫の代にも及ばないほどお前の年は若いのじゃ」

「それじゃ、お嬢さんの年は……」

「わらわは二千六百歳を越えておる」

「ええっ」

私は面食らって思わず短い叫び声をあげた。その先、どんな言葉を続けたらいいのかもわからなくなった。十九になるかならないかのようなきれいな盛りの女の子が、自分の年は二千六百歳を越えているだって？　私の頭脳はそれを認めることに激しい抵抗を示していた。

どうしたってありえない話だ。私は、ライダー・ハガード卿《きょう》という西洋の作家が書いた「洞《どう》窟《くつ》の女王」という空想小説のことを思い出した。そのヒロインもすでに三千歳を越えているという設定だった。[*12] 小説の中の話のように、またこの王女様のような若い女性が私に話しかけてきた。私はそれを聞きながら、わが耳を疑うばかりだった。いったい今、聞いた言葉は本当のことなのかとどうにも信じられない気持ちだった。

「おまえには信じられないのかね」

「お嬢さん、どうして信じられるもんですかね。それに、そんなにお年なら、どうやってそれを証明できるんですか」

「これほど長く生きながらえているということは、普通の方法では証明できん。しかし、サーリーイェーカー・シャッタラという、手相見の術でならそれができる」

「どうやって、ですか」

「こちらへ来るがよい。それからおまえの手のひらを見せてごらん」

私は言われたとおりに手のひらを広げた。彼女は私の親指の元、肉の盛り上がっているところに見える、曲がりくねった筋を示しながら言った。

「このすじをサーリーイェーカー・シャッタラ手相学では、アッタマーイェーカーあるいはローハニーイェーカーと呼んでいる。人間の寿命を表す筋じゃよ。お前の寿命は七十五歳しかない。二千年以上、三千年近くも生きる人間の場合、これがおまえのように細く短いものではないのじゃ。おまえのものより三十倍近くはくっきりとしていなければならんだろうよ」

「うん、それで？　お嬢さん」

「さあ、こちらへ来てこれを見るがよい。わらわの手のひらにあるアッタマーイェーカーの長寿のすじを」

そう言いながら、彼女はその色白の手のひらを私の目の前に広げ、現在、占星術師たちが「生命線」と呼んでいる寿命を表す筋を見せた。そして、彼女はブラウスの袖を肘《ひじ》までめくってみせた。

その筋は手のひらの中におさまらず、驚くべきことに、あらわにした肘までくっきりと続いているのだった。

「わしのアッタマーイェーカーの筋は肘のところで終わっているのではない。わしの腰を一回りして、左足の親指まで伸びている。さあ、これで信じられたじゃろう」

「うーむ。こんなに不思議な証拠を目の当たりにされると、こりゃ信じないわけにはいかないな。それにしても、これほどまでの長生きは一度も聞いたことがないが」

「自分は聞いたことがない、見たことがない、だから信じない。というなら、それは視野の狭い実践主義者じゃよ。聞いたことや見たことはなくとも、信ずるに足るような証拠があれば信じることじゃよ、坊や」

「それはそうだが。でも、今の話はまだ御仏《みほとけ》が悟りを開かれない時分に生まれた人間が、今の時代まで生き続けているなんて、そう簡単には信じられるようなことじゃないからなあ」

「それじゃ、こんな風に考えてごらん」

「こんな風にというと?」

「眠るということは、死ぬことに似ているところがあると思わんかね」

「思いますよ。睡眠を、小さな死、とたとえて表現する人もいるくらいですからね」

「そして、早々と床に入る者もあれば、夜が更けてから床に入る者もいる。またある者は夜になってから茶を飲んだり、ラペッ[*13]を食べたりしたために、夜明けまで眠れずにいる」

「そうですね」

「茶の葉のような、何の役にも立ちそうにない枯れ葉が、ちょっとした仮死状態に陥るのを防ぐというのに、異存はないじゃろう。こういうことじゃ。茶の葉よりもずっと威力のある、『アーユ・テイッディ』、長寿の栄光という薬を用いる人間は、死に至る道を、ある一定までは食い止め、その寿命を延ばせるのじゃよ。まったく死ななくなる、というわけではないのじゃよ。この世に不滅のものなどなしという原則、『無常の法』に誰が逆らえようか。死の四形態、即ち天寿を全うして死ぬこと、天寿を全うせずに死ぬこと、天寿も全うして運もそこで尽きて死ぬこと、天寿も全うせず、運もまだ尽きてないうちに死ぬこと、という四条に照らしていえば、わらわはまだ天寿を全うしていない。だから死んでいないわけじゃ」

「わかりました。まあいいでしょう。それで、どこの国からおいでなすったんですか。このように何千年も命を長らえておいでのことを、ほかに知っている人はいるんですか」

「わらわの年について、人間界で知っているのは、おまえのほかには三、四人しかおらん。わらわは、おまえたちが今ミャンマーと呼んでいる土地にあった国の者じゃよ。わらわが住んでいた国のことは、今の人間たちの中には聞いたこともない者もおるじゃろう。わらわの名前も、ミャンマー人たちが伝えてきた神話の中に残っている程度じゃ」

「それで、お名前は？」

「マヌサーリーという」

「ええっ」

私はうわずった叫び声をあげた。私が知りたくてたまらなかった、マヌサーリーの物語の続き、それが今、明らかにされるのだ。私はこうしてマヌサーリーに直接会っていることが信じられないほどだった。

「私はあなたの身の上のことが知りたくてたまらなかった人間です。あなたはテッターの国の学識ある王女、マヌサーリー、そうですね」

「そうじゃよ、坊や」

「いろいろ知りたいことがあるんです。詮索《せんさく》しすぎると思わんでください。私の質問にどうかお答えを。どうか真実をお答えくださいますよう」

「よいとも、坊や」

と言うと、マヌサーリーはまぶたを閉じて短い呪文《じゅもん》を唱え、裁判をつかさどるウィネイッサヤパーラ女神に真実を述べる誓いをたてた。

「トー・エッカ・パーティー・ウィネイッサヨー・ホーティ（法の眼が、天からこの地に届く裁きを行わせたまえ）」

呪文《じゅもん》を唱え終わると、マヌサーリーは私の方を向いて言った。

「さあ、聞きたいことを聞くがよい」

「私の手元に金銅合金の小さい壺《つぼ》がありますが、その表面の花模様の合間に見える文字は誰が彫りつけたものなのでしょうか」

「それは、ティーボー大王がヤダナーギーリに幽閉されたとき、一緒についていった工芸官の手になるものじゃよ。工芸官とわらわは、ちょうどおまえと知り合ったように、思いがけずお互い知り合ったのじゃ。そして共に仏陀《ぶっだ》の法のことなどを話し合ったりするうちに、わらわが言った羅漢の徳により長寿でいられるようにと、工芸官は倦《う》まずたゆまず徳を積んでいたのじゃ。しかし、そのやり方が正しくなかったのでこの男は自分の寿命を伸ばすことはできなかったのじゃ」

「そうでしたか。私はある夜、その工芸官が彫りつけた文句を唱えているうちに、不意に気を失ってしまったことがあります。そして、その間に私自身も読めない言葉で何かたくさん書き残しました。その文書を言語学科の先生をはじめ、読んでくれるのでは、と思ったかたたちに読んでもらおうとしましたが、だめでした。でも、ある中国人の和尚さんがそれを読んで翻訳してくれたお陰で、これははるか昔、テッター王国で起こったマヌサーリーにアティトラー王子、テッカリッ大王たちの物語だとわかりました。これはどういうことでしょうか。マヌサーリー、あなたがやってきて書いていってくれたのですか」

「そうではない。坊や、おまえ自身が書いたんじゃよ」

「それなら、このマヌサーリーの物語は真実のことなんでしょうか」

「坊やの書いた物語をわらわはまだ読んでおらん。だから、それがマヌサーリーの真実の物語かそうでないかは何とも言えん」

「それじゃ、私の書いたこの物語を今ここで読みあげますからお聞きください。マヌサーリーよ、そのうえで、真実かそうでないかお答えください」

「よいとも。さあ、読むがよい」

私は十五分ばかりかけて、ウェールーウィン和尚の翻訳してくれたマヌサーリーの物語を読みあげた。その間、じっと聞き入っていたマヌサーリーが私に向かって言った。

「坊やがそのまま読みあげたというなら、それはマヌサーリーの真実の物語じゃよ」

「それはちょっと困りましたね。私はもともとこの物語については、何ひとつ知らなかったんです。あなたがやってきてご自分でお書きになったものでもない、とするとどうしてこんな風に私にこれが書けたんでしょうか」

「坊や、この世には消滅するということはないのじゃよ。一時的に隠れているだけじゃ。時が来ればまたその姿を現してくる。これを『隠れの時』の法則と言う。たとえを挙げれば、今は西の方に太陽がすっかり隠れてしまっておる。でも現代は、もしロケットのように速い乗り物に、それももし坊や、お前自身が乗って西の方へ飛んでいけば、地のかなたに沈んだと思っていた太陽は、なくなりもせず消えもせず、元の姿のまま空に浮かんでいるのが見つけられることだろう。すると太陽は消滅したのではなく、その時期ではないからたまたま見えなかったにすぎない、ということがわかるじゃろう。それで、現代の学者の中には、ミガダーウォンの森で悟りを開き、大輪の法を説かれた御仏《みほとけ》のお声をテープレコーダーに録音しようとしている者もおる。彼らの理論によれば、その時期その日が来れば、御仏のお声がやがてテープに入ってくると信じてがんばっているわけじゃ」

「なかなかにわかりにくい理屈ですね、これは」

「易しいものじゃよ、坊や。その時が来れば、物体も思想も、行《ぎょう》と呼ぶ行い一般も、出来事も、そして声や音も、また現れてくるということなんじゃ。今を去ること二千年以上前に起きたわらわ自身の物語のことも、こうして時が来たから、坊やが気を失っている間に文字になって現れてきたのじゃ」

「その、ある時が来れば、それにつれて何かが起こるということですが、例を挙げてもうちょっとわかりやすく話してください、マヌサーリー」

「さあ、坊や、考えてもごらん。今から百年前に名前をとどろかせていたカナウン王子と憂国の士ミンニー王子様は宮廷で暗殺されたじゃろう。[*14] そして、近年のミャンマーでその名をとどろかせていたアウンサン将軍と国家の代表たちも国会議事堂の中で無惨にも暗殺された。[*15] こうしたことはこの国では百年に一度くらい、時が来ると起こっている。そうであろう」

「そのとおりです、マヌサーリー」

「こうした例はすべて、時宜到来になったのでその結果が起こったという、哲学の見地にもあるではないか。『時が来たら』というミャンマー語をパーリ語で『タムマータンメッギー』、時宜到来、と言ってもよいじゃろう。英語では『歴史は繰り返す、二度あることは三度ある』とよく言われる。そうじゃろう、坊や」

「わかりました。おっしゃるようにその時が来たから、私はマヌサーリーの物語を手に入れたわけですね。でも、この物語はあなたの手首が切られ、錬金術が不当に使われ、アパランタ王国の国土一帯が地割れを起こして地の中に消えていくほどの大爆発が起こった、というところぐらいで終わっています。このように時が来たのですから、その後のお話を聞かせてください」

「聞きたいことを聞くがよい。このマヌサーリーが答えよう」

「マヌサーリーは大爆発が起こったとき、お逃げになったのですか。爆発はあなたのお祖父様がいらっしゃるマン川のほとりの森の方へも及んだと、お話の中にありますが。その後、あなたはどこでどうしていらっしゃったのですか」

「爺《じい》の庵《いおり》にも爆発が及んだ時をもって、わらわは錬金術も呪文《じゅもん》を書くことも薬草術もやめた。そして、パラーナーという、ヨガの奥伝の術ただ一つだけを実践し続けた。その術を行なっているときは、呼吸を止め、あるいはごくわずかだけ息をするのじゃ。呼吸することは生きている証拠じゃ。呼吸を節約してほんの少しだけ呼吸することは、命を節約して細く長くすること。節約という行為の中で最高のことだと、その術では教えておる」

「マヌサーリーがこれほどまでに長生きなのは、そのパラーナーの術を今も実践していらっしゃるからですね」

「そういうことじゃ、坊や」

私は口の中が少し酸っぱく感じられてきたので、たばこに火をつけてひとふかしすると、またマヌサーリーに質問を続けた。

「あなたの物語の中にある、アマタという場所について教えを説くという偉大な梵天《ぼんてん》様には、お会いになったのですか」

「アマタとは涅槃《ねはん》のことじゃ。涅槃についての教えを説いてくださる御仏《みほとけ》ゴータマ・ブッダは、アパランタ王国が滅びて後、百年ほどしてこの世にお生まれになった。でも、わらわは御仏にお目にかかることはなかった」

「なぜですか」

「わらわには足りないことが二つある。そのためお目にかからずにきたのじゃよ」

「何が欠けているのですか」

「わらわに欠けている二つのこととは、まず、わらわの愛するアティトラー王子のこと、そして この片手のことじゃ」

このときになって初めて私はマヌサーリーの両手をしげしげと眺めてみた。その両手とも生まれ落ちたときからのように美しかったので、私は理解に苦しんだ。

「でもマヌサーリー。見たところ、両手ともちゃんとお美しい手をしていらっしゃるじゃないですか」

「そのとおり。特別な術を使って、本物の手と見分けがつかんほどのようにしてある。しかし、偽物は偽物じゃ。本物にはなれん」

「マヌサーリーの愛するアティトラー王子は今、どこにいらっしゃるのですか」

「急な流れの河を、浮き沈みしながら流れていく物をすくい取るのはたやすいことではない。それよりももっと難しいことは、輪廻《りんね》の流れの中に浮き沈みしていくひとりの人間を、こちらは自分の命をなんとかして長らえさせながら、待って探していくこと。これがやさしいことだと思うかね、坊や」

「そうですね、それは生やさしいことじゃないですね。でも、きっといつかお二人はまた出会うことがあるでしょう。先ほどおっしゃった『時が来れば』というような時がやってきたら。それから、マヌサーリー、まだ知りたいことがあるのですが。マヌサーリーは、ナンウェイ中尉という若い士官に、チャウセーのウェーブー山の中にある、石の箱に隠した片手を取ってくるようお命じになりましたね」

「そのとおりじゃよ、坊や。あのナンウェイ中尉という若者は、男子に備わっているべき勇気についてはありすぎるほどにあった。でも、思考力の点ではかなり貧弱な点があった」

「ともかく、あなたがあの若者を狂人にしてしまったのは感心できません。マヌサーリー、あなたに責任があると思いますが」

「わらわはあの若者を狂わせるようなことは何もしておらん。若者自身で狂ってしまったのじゃ。わらわの美しさに酔ってしまった災いのゆえじゃ。仏陀《ぶっだ》の前身のひとつのお姿、ティーウィ大王が、オンマーダンディーの美しさにすっかり狂わされてしまったことがあるようにな」

「それで私はあなたにも責任があると言ってるんです」

「わらわの美がナンウェイ中尉にとっては毒になってしまったことは、うち消すつもりもない。しかしな、この世において美というものが毒になってしまうことはないのじゃ。だから、美に酔ってしまった人間たちは、これからも自ら毒に当たっていくじゃろう。このように美の毒に当たってしまった心の病人たちが出るたびに、美というものを敵視するなら、やがては反美主義というものも出てくるかもしれん。ともかく、美というものは人類のいるかぎり共にあることじゃろう。なぜなら、醜さというものがある限り美も共にあるじゃろうからな。つまり、この世には醜さというものが決して消え去ることなく、その根を頑強に張り巡らしているということになる。そうではないか。坊や」

「それからマヌサーリー、あなたは大学生のマウン・チョーカインも狂わせてしまいましたが」

「マウン・チョーカインは音楽の方面については天分のある子じゃった。あの子はその音楽の才能で美の探求をし始めたのじゃ。しかし、あの子は美と醜の区別ができなかった。あの子が美と思ったものはすべて醜いものばかりじゃった。芸術家の大半はあの子のようじゃ。本当の美から次第、次第に遠ざかっていってしまう」

「本当の美とはどんなものをいうのですか、マヌサーリーよ」

「それは、自由であること、調和していること、そして平和であることじゃ。この三条件を無視して美を探求しようとすれば、まさに狂った心に至ってしまうのじゃ。坊や、心して聞くがよい。この世界の始まりのころ、雲を食べた象と空を飛ぶ獅子《しし》がお互い激しく食うか食われるかの戦いを繰り広げていた。彼らの戦いが激しくなれば激しくなるほど、この地上の平和も次第に損なわれていった。そこで、この世の美の三条件をつかさどるローカナッ神が、両手に鈴、両足には小さなシンバルをつけ、のどかで穏やかな音色を奏でたところ、象と獅子《しし》の醜い争いをやめさせることができた。わかったかね、坊や」

「わかりました、マヌサーリー」

「大学生マウン・チョーカインは芸術家ではあったけれども、この美の基本的な性格、自由と調和と平和、をもっともっと理解する必要があった。そのため、わらわと出会った後、この子は狂ってしまったのじゃ、坊やよ」

「マヌサーリーはこのように二六〇〇年以上もこの世に生きておられて、どんなことをなさってきたのですか」

「この年月の間、わらわはさまざまな学問を学んでいたのじゃよ。さまざまな言葉も学んだし、諸国を訪ねていろいろな学を修めた。科学技術の発展を見た二十世紀になってからは、科学技術を学んでいた。ケンブリッジ、オックスフォード、イェール大学などに入って勉強した。新電子理論という、電子の正しい数式理論について論文をまとめたフランス人の女子大生メリーのことは、聞いたことがあろうな」

「あります」

「そのメリーとはわらわ、マヌサーリーのことじゃ。それから、数理的混乱の法則と呼ばれる、もっとも高度な数理学体系をまとめたインドの天才女性数学者トンダリータコンダデーウィというのもわらわのことじゃ」

「そうでしたか。もうひとつお尋ねしたいんですが、ターモエ墓地にマヌサーリーと刻んであった墓石、あれは誰の墓なんですか」

「あれは若い仏教修道女[*16]マヌサーリーの墓じゃ。これはわらわマヌサーリーとは何の関係もない」

「マヌサーリーの最大の望みとは何なんですか」

「それは平和じゃよ。平和には、多くの人みんなにかかわるものと、個人的なもののふた種類がある。みなにかかわる平和を守るためにわらわはこうしているのじゃ。個人的な平和のためには、わらわは未来に悟りをお開きになる弥勒菩薩《みろくぼさつ》様を、愛するアティトラー王子と一緒に、そしてこの十本の指をあわせてお祈りしたいと思っておる」

「アティトラー王子はマヌサーリー様をまだ覚えておいででしょうか」

「人生とは忘却と無知にまみれたものじゃ。基本に立ち返る知恵がなければすべて忘れ去ってしまうもの。愛するアティトラー王子とて同じこと。マヌサーリーのことを忘れておる。もしも何か悪いことをして、地獄に堕《お》ちていってしまうようなことになれば、もうわらわにも会えないし、弥勒菩薩様を拝むこともできなくなってしまうじゃろう。なぜなら、アティトラー王子なしにわらわは片手首を取り戻すこともできないし、王子自らが取り戻してくれるのでなければ、弥勒菩薩《みろくぼさつ》様を拝むことはできない。わらわはそう誓ってきたからじゃ」

「ナンウェイ中尉、マウン・チョーカイン、いったい誰がアティトラー王子だったんですか」

「どちらもそうではない」

「それなら誰なんですか」

「愛しいアティトラー王子はこのミャンマーでまた人間として生まれている。でも王子は精神主義を否定する、見方の狭い経験主義者になっている。体験しないと何も信じないような人間になっていると、調べてみてわかった」

「それなら、あなたをお助けするために私にはどんなことができますか」

「マヌサーリーとアティトラー王子がテッターの国で体験してきたことを、何らかの方法で詳しく聞かせたら、王子もそのときのことを思い出すかもしれん。生きとし生けるものには、まことに不思議な輪廻《りんね》からの贈り物とも言える、超的知覚というささやかな能力が備わっているからな。その能力を現在の人々はテレパシーと言っておる。それでは坊や、少しばかり手伝っておくれ」

「どんなことですか、マヌサーリー。どこの誰で名前は何か、仕事は何か、はっきりわからずに、どうやってアティトラー王子の生まれ代わりを捜すことができましょう。何しろ今のミャンマーには三千万以上の人口がありますからね。その一人一人に会って、私はこの物語を話してあげなくちゃならないんでしょうか」

「その必要はない」

「そうそう、ひとつ思いついたんですけど、マヌサーリーの物語のことは、誰か作家に頼んで書いてもらうといいんじゃないですか」

「それはできんのじゃよ、坊や。さっき言ったではないか。『時が来たら』とね。今、このように坊やと出会ったのが、時が来たら、ということなのじゃよ」

私もマヌサーリーとアティトラー王子がまた再会できるように、何とかしてあげたかった。でも、いったいどのように協力したらいいのか、なんともわからなかった。

人間界の才女、齢《よわい》二六〇〇歳を越え、あらゆる学問を修めてきた驚くべき人間、マヌサーリーも黙っていた。

「マヌサーリーよ、アティトラー王子とあなた様の物語を、小説風に書いてあげましょう。その小説をアティトラー王子の生まれ変わりが読んだなら、自分の過去世のことをだんだん思い出してきて、寂しくなってくるだろうと思います。何とかして彼に自分の過去世のことを懐かしく思わせるようにすれば、だんだん優しい心になり、精神世界のことも信じられるようになってきましょう。そして狭い心の経験主義を捨て去っていくことでしょう」

私がこう言うと、マヌサーリーは相当に気分を害したようすで口を開いた。

「おまえはミャンマー語ができれば誰でも作家になれると、そう物事を簡単に考えているのか。

文の構成も適切、味わいもあるように韻文的表現も織り交ぜて書ける能力が必要じゃ。文学作品を書くための地理・歴史、外国語の知識にも恵まれていなければ。そして、作家の着想力と言われている、柔軟で豊かな感受性が必要じゃ。これらは口で言うほど易しくはない。それに、芸術的才能と呼ばれるいわく言い難い心の奥底に秘められた、微妙な要素も必要じゃ。できるのか。これらの条件がなくて、作家になろうとしても、また画家や音楽家になろうと努力してもできるものではない。考えてみるがよい。ミャンマーだけではない。この世界には多くの作家が生まれてきた。しかしながら、歴史学者たちが文明の歴史と呼んでいるこの六千年ほどの間に、歴史にその名を残している作家、画家、音楽家、そして哲学者と言われる優れた人たちを指折り数えてみると、なんと少ないことかということがわかろう。それはなぜかというと、芸術家たちに、才能はあってもこの世に対して持つべき真心というものが足りなかったからじゃよ。わらわの見たところでは、おまえには芸術を通じたこの世への真心というものはありそうじゃ。だが、芸術的才能があるかというと、わらわにもわからない。わらわとアティトラー王子の物語を書きたければ書くがよい。でも、よけいなことを加えず、要点を落とさず書くよう約束しておくれ」

「約束しますとも、マヌサーリー」

「約束してくれて、わらわもこの上なくうれしいぞ」

「さあ誓いはたてた。約束を守ってがんばって書きますよ」

マヌサーリーは私に目を閉じ、パゴダに向かって心を集中させるように言った。彼女自身もまぶたを閉じて瞑想《めいそう》に入った。だいぶ時間がたってから私が目を開けてみると、私のそばにいたマヌサーリーはもういなくなっていた。

＊　＊　＊

その後、私がマヌサーリーに出会うことは二度となかった。彼女に約束はしたものの、実は私は何も書けずにいた。書けなかった理由とは、よけいなことを加えず、要点を落とさず書く、という約束が、実際、紙に向かうと大変な足かせになってきたからだった。

ものを書く場合、何かと制約事をつけると、それは小説の体裁にならず、単なる作文か報告書のようになってしまい、面白く読めるものではなくなってしまう。

それで私は書けないまま、そのまま放っておくと、あの分厚い書の束もマヌサーリーのことも次第に忘れていった。マヌサーリーの言うところでは、アティトラー王子は現代の人間界に生まれ変わってきているというが、どうも現実主義者らしい。死後の世界のことも信じないし、輪廻《りんね》のこともわからないたぐいの人種のようである。そういう者たちは妖術《ようじゅつ》使いや精霊、幽霊のたぐいも根拠のないことと思っているから、知覚世界だのあの世のこともまったく受け入れないだろう。

アティトラーの生まれ変わりに仏陀《ぶっだ》、仏法、僧への帰依、三帰依のことを伝えてやりたいものだ。真心から私はそう思った。そして彼の愛情でマヌサーリーの片手を癒してあげ、将来、弥勒菩薩《みろくぼさつ》がこの世において悟りを開かれたときには、この恋人たちにその至福の教えを聞かせたまえ、そして輪廻《りんね》から解脱《げだつ》させ、二人そろってさらなる世界に行かせたまえ。私は心からそう願った。

「輪廻から彼岸へ」という言葉どおり、輪廻を超越した別世界まで、恋する二人が固く固く結ばれるように、そしてそこで二人の愛の物語を終わらせたまえ。私はそうなることを祈った。

真心はあっても、やはり私に物語は書けなかった。ところが、ある日、不思議なことが起こった。私が自分の骨董品《こっとうひん》屋の店先に座っていると、郵便屋が一通の手紙を配達していった。

その手紙には差出人の名前がなかったが、消印を見るとサク市から投函《とうかん》されたことは明らかだった。

「凶刃に倒れ、気高きますらおたちよ。願いしとおり、平和と栄えの時、来たり」

中身はカンドー王寺僧正の教訓の書*17を引用していた。この手紙を書いた者の名も署名もなかった。それで私は、この手紙はさして大切なものとも思わず、何となく日記帳の中にはさみこんでおいた。

この手紙をもらってから一か月ほどしてまた一通の手紙が届けられた。

「この世には憂しきことのみ多かりき。約束が果たせぬ憂いの大きさよ」

と、処世訓のような一文が書きつけてあった。私は最初の手紙と同じように、これも大したことのないものと思い、またどこかへしまいこんでしまった。

間もなく三通目の手紙が届けられた。

「旅に出るなら床の中で考える者より座って考える者のほうがよい。座って考える者より立ち上がって考える者のほうがさらによい」

誰がこうした手紙を送ってよこしたのかもう考えなかった。これは私にマヌサーリーの物語を書くように促してきた手紙だとわかって、私はさっそく書き出すことにした。

私は伝記を書くのに定評のある欧米の作家、ミャンマーの作家の作品を読んで研究した。ミャンマーの作家たちの中では、アーディッサウンタ僧正[*18]は伝記物を書かせたら一級とされている。私は僧正の作品をことさら注意して読んでみた。

読んで学ぶほうを納得できる程度まで終えると、今度は私はマヌサーリーのことをいろいろ書きつけて分厚くなった日記帳、それから中国寺のウェイ・ルー・ウィン和尚が翻訳してくれた書の束を机の上に並べ、とにかく書き出してみた。

それがいつの日のことだったか、私は覚えていない。でも、珍しいことにその日は店を開けると同時に、言いあわせたように次々と三人のお客がやってきて、それぞれインワ時代[*19]の粘土細工のパイプを買っていった。店を開けると同時にお客が入ってきたのは、この商売を始めてから今まで、そのとき一度しかない。

私はパイプをそれぞれ二五〇チャットで売ると、また執筆を始めた。

わずかに一行書いてみたところで、今度は店の前に車で乗りつけて品物を買いにきたお客が現れた。その車は当時、人気があって値段も相当に張るストゥディベイカーだったことを覚えている。

車からひとりの女性が降りてきた。年はまだ三十にもなっていないようだった。とびきり流行の装いをしているわけではないが、平凡とはいいがたい服を上手に着こなしていた。

その肌はナッドーの月[*20]の稲穂のような色合いだった。緑がかってもいないし、まだ黄金色にも至っていないような感じだった。顔立ちは美人のたぐいに入る顔で、特に賞賛に値するくらい魅惑的な瞳《ひとみ》をしていた。

体つきもスマートというべきかほっそりぎみというべきか、どうにも言葉が見つからない。ともかくその体つきは彼女の顔とよく調和していたと言えよう。

彼女は店に入ってくると、私をしげしげと見ながら言った。

「お店の品物をちょっと見せていただきたいんですの」

私の店は実際に買う者であろうと、暇つぶしにちょっと寄ってみた者も、わざわざそんな断りをする必要はないような店である。この店の売り物は古道具と何か奇抜な物なので、店の前を通る者なら誰でも店の中に入らないまでも、つい店の中に目をやっていくのが常だった。

多くの客が買おうと買うまいと、店の中に入ってきた。言ってみれば、博物館にちょっと似た商売だった。買う客も買わない客も、骨董品《こっとうひん》屋は見にくる客は拒まず、という習慣だった。

この女性は礼儀正しく私に品物を見る許しを乞《こ》うてきたのだった。姿のとおり何と品のある女性だろうか。私は心の中でまた思わずこの女性を賞賛した。

「満足いただけるまでごらんください。値段も私に直接お聞きになるのがはばかられるなら、商品カタログのほうをごらんください」

私はそう言って商品目録のあるところを示した。

彼女のために商品カタログを持ってきてあげようと、そのそばに近づいた私の鼻孔《びこう》を何とも言えない芳香がくすぐった。傘をさすインド女性印の香水ほどにきつすぎず、イブニング・イン・パリという香水ほどまでに弱くもない香りだった。

正直なところ、この上品でいい香りを漂わせている女性が店に来てくれた光栄に、私はなんともうれしくなった。私はまた机に向かうと文を書き進めようとした。

年代物のチャウピン[*21]の前で彼女が足を止め、商品目録のページをめくっているのに気がついた。

それから彼女はアーダマン島の原住民たちが使っている槍《やり》をじっと見つめると、ハンドバッグの中から虫眼鏡を取りだして、槍の柄を注意深く観察していた。そして小型の自分のノートを繰ってどこかのページを見ると、

「これ、おいくらかしら」

と私に向かって聞いてきた。

「商品カタログの中にありますよ。私も全部の品物の値段は覚えてられないもんですから」

そう答えると、彼女は商品カタログを調べて、

「三百チャットとあるけど……」

「ええ、そうです。この槍《やり》のいわれのこともこちらに架けてありますよ」

「これはアーダマン島の原住民たちが使っている槍ね。こうした槍を手に入れるのは大変でしょうね。彼らはこの槍を父から息子へと受け継いでいく、というので、私、ちょっと興味を引かれましたの。でも、この槍は本物じゃありませんわね。お安くしてくださいますでしょ」

「大いに勉強させていただきますよ。でも、その品が本物ではないというお言葉には、ちょっとこちらとしてもお話しさせていただかないと」

「でも、本物じゃありませんのよ。槍に使ってある糊《のり》を拝見するだけで、私にはわかりましてよ。この糊はにかわの一種ですけれど、本物は動物性の油脂を使っていますものね。私、これでも東洋の原住民たちの生活用品とか武器とかについては、ずいぶん時間をかけて勉強してきましたのよ」

私は何も言い返せなかった。私自身も本物だと信じて、ある船員から仕入れた物だった。

「正直にお話しすれば、私も本物だと思っていた、ただそれだけです。本物である確証については何もお見せできません」

「けっこうよ。私も値切ったりしませんわ。カタログにあるお値段で頂きますわ」

そう言って彼女は手の切れるような真新しい百チャット紙幣を三枚渡してきた。私もその槍

を古新聞で包むと彼女に差し出した。

「今後も何かご入り用の品がありましたら、どうぞまたおいでください。どうか失礼だとお思いになりませんよう。何かお売りになりたい物があったら、それもお知らせください。あっ、それからあなた様のお名前などもお知らせいただけますか。私はいつも一番にやってきてくださるお客様に敬意をお払いしております。それでお名前をお聞きした次第で」

「テッスウェと申します。私の夫はケンブリッジ大学の教授をしておりまして、アメリカ人なんです。このたびは私ども、論文のための調査でちょっとミャンマーに戻ってきたんですの」

「そうですか。お知り合いになれて光栄です」

彼女は挨拶《あいさつ》すると店を出ていった。彼女を乗せた車が遠くへ遠ざかっていっても、彼女のことはなかなか私の頭から離れなかった。アメリカ人の大学教授と結婚したうら若いマ・テッスウェのことは、ちょっと毛色の変わった小事件のように私の頭から心へと波紋を残していった。

私はがんばって物語を書き進めていった。一日も休むことなく書き続けた。二週間ほどたつと、私の書いてきた物語もだんだん終わりに近づいてきた。

そんなある日、またマ・テッスウェが店に現れた。私に挨拶すると、また前のように品物を興味深そうに眺めていた。そして昔、入れ墨をするときに使った、鬼が踊っている姿をかたどった太い銅の彫り針を一本手にしながら、

「これ、おいくらかしら」

と言ってきた。

「ああ、それじゃ、カタログを見てさしあげましょう」

私が商品カタログで探すと、それは七五チャットと出ていた。

「マ・テッスウェ、七五チャットですよ」

「ちょっともう一度ごらんになって。七五〇チャットの間違いじゃございませんこと」

「いやいや、間違いありませんよ。ええ、七五チャットです」

「あーら、面白いこと。この店じゃ偽物のほうが高くて、本物は二束三文同然でいらっしゃいますのね」

「えっ、えっ、今なんとおっしゃいましたか」

「ああ、アーダマン島の槍《やり》じゃあるまいし、偽物の槍に三百チャットもの値段をつけて、コンバウン時代初期あたりの、本当に貴重な銅の彫り針はたったの七五チャットで売りに出すなんて」

「ええっ、この針はコンバウン時代初期ぐらいの作なんですか、マ・テッスウェ」

「ええ、そうよ」

「そうした時代の品だと、どこを根拠にしておわかりになったんですか」

「やさしいことよ。あのね、ミャンマー人はそれこそ古くから銅の彫り針を使ってまいりましたでしょ。でも、このように上の方に鬼の姿を表すようになったのは、アラウンパヤー大王がチェンマイ、アユタヤを攻略して以降のことなのよ。言ってみれば、タイの文化に関係しているわけね」

「ああ、そういうことでしたか。いやあ、知らなかったもんですから」

「それから、ミャンマー人が価値を置いている銅の七種ってありますでしょ。あれをもっと詳しくお知りになりたかったら、『匠人必携全鉱石注釈之《の》書』をごらんになればよろしくてよ。この本で、パーリ語でタムバンと出ている単語は銅のことをさしているの。この大針のはこの本によれば、白色に分類され、ナーガザ・タムバンつまり鉛から取れる銅と、メイッサザータカ・タムバンつまり孔雀石《くじゃくいし》に含まれる硫黄硫酸《いおうりゅうさん》から取れる、二種の銅のうちのひとつというわけですのよ」

私はこのマ・テッスウェという大学教授の若夫人にすっかり驚いてしまった。ミャンマー文化に対する知識も尋常のレベルではない。そこらの錬金術師たちも読まないような錬金術の書のことや銅の種類について、堂々と講釈したことに私は驚かずにいられなかった。

「まあ、最低千チャットぐらいはするお品ね。でも、あなたには千チャットはお払いしなくてよ。ゼロをひとつつけて七五〇チャットで頂くわ。それから、私、あなたにひとつご忠告したいことがあって。偉そうなことを言って、とお思いにならないでね」

「思いませんよ。なんですか」

「骨董品《こっとうひん》屋をなさるなら、ほとんどのお品は古いものと決まっているんだから、お店のご主人は最低、三流の歴史学の教授ぐらいの知識はありませんとね。だって歴史的な背景を知らずに、歴史的な品物を売るなんて、宝石の価値がわからずに宝石屋を開いたり、ブローカーになろうとするようなものよ。宝石屋さんたちは、ちょっと見れば最低、模造品と本物の石の見分けはつくでしょ。そうじゃなくて？」

「そうです」

彼女は鮮やかに私にこう忠告すると、七五〇チャットを残して店を出ていった。

私は大いに自分を恥じた。何年もやってきた稼業をこの日の朝をもって廃業してしまいたいくらい落ち込んでしまった。その後、マ・テッスウェはしばらく姿を見せなかった。

私はマヌサーリーの物語を書き続け、ついにそれは完成した。ちょうどその朝、またマ・テッスウェが店にやってきた。

「お店のほうに来よう来ようと思いながら、なかなか時間がとれなくて、失礼してしまいましたわ」

私がマヌサーリーの物語の最後のページを書き終えたときと、マ・テッスウェがやってきた瞬間はほとんど同時というくらいだった。私は書き終えた原稿の束をファイルにとじ、その表紙に「マヌサーリー」と赤インクで記した。

マ・テッスウェは店に足を踏み入れると同時にそのファイルのほうを一瞥《いちべつ》した。けれども、彼女に関係のあるものでもないので、後は見ることもそれについて聞いてくることもなかった。

彼女はハンドバッグを開けると一通の手紙を取りだした。

「これをちょっとお読みになって。私ども夫婦の友人で、ケンブリッジ大学歴史学科の教授が送ってきた手紙ですの。ヤンゴンに行くことがあったら、あなたの店に寄って、この品物があるかどうか調べてほしいって言ってますのよ。あったら何とかして買ってくるように、と言うんですけど」

「どんな品物なんでしょうか」

「どうぞご自分でお読みになって。ほかに差し支えあるようなことは書いてありませんし、かまいませんわ。さあどうぞ」

私はその手紙を受け取った。便箋《びんせん》の上部にはケンブリッジ大学の校章がついていた。そこに画家が使うような六Bぐらいの黒々とした鉛筆で文が書いてあった。

大学の先生たちは万年筆、ボールペンといった物よりも、鉛筆を好むとたびたび聞いたことを思い出した。この教授の筆跡はずいぶん癖のあるものだったが、簡潔で明瞭《めいりょう》な内容だった。

この教授はほかでもない、かつて私の店に金銅合金の小壺《こつぼ》を買おうと二度までやってきて、しかも三千チャット出してもいいと言った、あの教授先生だったのである。

あのとき、私はこの壺に五千チャットの値をつけた。この手紙には、五千チャットで手を打ち、買ってくるようにとマ・テッスウェ夫妻に依頼する旨書かれていた。

私は手紙を読み終えるとマ・テッスウェに返した。

「私の店の売り物にこの壺はもうないんですよ」

「もうないって、どなたかがお買いになっていったの？」

「そうじゃないんです。ほかには売らない、ということなんですよ、マ・テッスウェ」

「お望みのお値段と折り合えば売ってくださるわよね。友人は五千で頼む、と言っているけれど、本当に貴重なお品だったら、私は五万出してもかまわなくてよ。ちょっと見せてくださらない」

「ご勘弁ください。この小壺は五万、いや五十万積まれても売れないんですよ。だからお見せするのはどうかご勘弁くださいね」

「困ったわねえ。骨董品《こっとうひん》の売り手だったらその品物の価値をご理解なさっていなくちゃよ。それから、品物から離れられない、手放せない、なんて未練を持つものじゃありませんわ。そんな心がけでどうして品物が売れるとおっしゃるの」

「おっしゃるとおり。ほかの品物だったらそんな未練などありません。ただ、この品物だけは……」

「もうけっこうよ。私、帰りますわ」

プライドを傷つけられたかのようにマ・テッスウェは車に向かい、乗るとすぐに発車させた。しかし、車は店の斜め前ぐらいの場所で急停車してしまった。車の窓からマ・テッスウェが私を呼んだ。駆け寄ってみると彼女が言った。

「この車、どうしちゃったのかしら。申し訳ないけど助けてくださらない」

「油が詰まってしまったのでしょう。ちょっと見てあげましょう」

私はそう言って、車のボンネットを開けた。私が主だったチューブのひとつを外して口で強く息を吹き込み、またボンネットを閉めていたとき、

「おい、人の車の故障を直してやってる間に、おまえの店に泥棒が入っているぞ。この間抜けが」

声のする方を振り向くと、ぼろぼろの汚い身なりをした、乞食《こじき》のようなアヘン中毒患者のような男が私に向かってどなっていた。

私が店に駆け戻ると、賊はマガダ・トウッディ語の原稿に中国人和尚ウェイ・ルー・ウィンが翻訳してくれた原稿、それに布に包んであった金銅合金の小壺《こつぼ》と私が書いた「マヌサーリー」の物語のファイルを盗みだそうとしているところだった。このこそ泥を殴りつけてやろうと駆け寄ると、相手は手に持った原稿の束で私に殴りかかってきて、そのまま店の外へ駆け出していった。私は思わず尻餅《しりもち》をついてしまったが、立ち上がって近所に助けを求めようと店の外に出た。でも、時すでに遅く、賊の姿は跡形もなかった。

私をどなって事態を知らせてくれたあのアヘン患者のような乞食のような男もいなかった。教授の若夫人、マ・テッスウェの車さえなくなっていた。だいたい、彼女の車を直してやっていたためにこそ泥の被害に遭ってしまったのだ。礼儀正しく上品な彼女が、店のほうは大丈夫

ですか、の一言もないとはなんだ。ましてや一言の挨拶《あいさつ》もなしに行ってしまうとは。これらの出来事がお互いつながったものなのかどうかは、何ともわからない。

私は店内に戻ると、床の上に散乱している紙を拾い集め、金銅合金の小壺《こつぼ》をこの手の中に取り戻した。

「マヌサーリー」と題したファイルの原稿は難なくまた順序どおりにしたが、中国人和尚の翻訳してくれた書とマガダ・トウッディ語のほうはかなり苦労して元通りに並べた。

この事件を物知りのマヌサーリーは知っているのだろうか。

私は彼女に約束してきたとおり、よけいなことは書かず、要点は落とさずにともかく原稿を完成させた。そこで私は、私ひとりにしか聞こえないような声で、こう言ってみた。「果たされた約束により、このマヌサーリーと題した物語がぜひともアティトラー王子の目に触れますように」

アウントゥン　記

ヤンゴン市マウーゴン、骨董品《こっとうひん》店店主

その七

不思議な原稿の終章

私（ミンテインカ）はここまで原稿を読み終えると、この分厚い原稿を挟んだファイルを持ってきた親友のチッセイン少尉に聞いてみた。

「チッセイン少尉、これは君が書いた原稿なのかい」

「まさか、まさか、ミンテインカ先生。私には小説なんか書けませんよ。書こうったってそんな時間もありませんしね」

「それじゃ、この原稿を書いたのは誰なんだね」

「まあ、それで私もここへ来たわけなんですよ。私のずっと年上の兄、アウントゥンなんです。初め米の仲買人としてけっこうやっていたんですけど、後でその仕事を辞めて骨董品《こっとうひん》屋を開きましてね。長い間お互い会わずにいましたよ。私も国軍に入っていた身ですからね、兄弟どうしといってもそんなにちょくちょくは会えません。で、兄が亡くなってから財産分けで、銀行に残してあった金は上の姉が受け継いで、私は持ち家がなかったものですから、除隊後住むところに、と兄が自分の家を残してくれたんです。こうして除隊してから兄の家を隅々まで掃除してみますと、かつて兄の寝室だった部屋からこの原稿の束のファイルが出てきたんです。それで読んでみたら、それがなかなか面白かったものですから、こうして先生のところに持ってきたわけなんですよ。読んでみて面白いと思われたら、またご自分の小説として書き直すもよし、またはちょっと修正する程度でそのまま出版されるならそれもよし。ミンテインカ先生のお好きなようにと、持ってきたんですよ」

「お兄さんのウー・アウントゥンは、ものを書くのが好きなかただったのかね。前にも小説か何かを書いておられたのかい、少尉」

「私の知る限りでは、小説を書くどころか、それほど本好きな人間でもありませんでしたよ」

「でも、このお兄さんの原稿を読んでみると、文の構成も、文体も特に問題があるとは思えないな。場面の設定もなかなか巧みなものじゃないか。こうした点について、少尉はどう思うんだね」

「私は、兄は本当にマヌサーリーという女性と会ってきたのだと思います。このあたりの事情を詳しく知っている私の姉、それから兄の弟分、チビのワインマウンもそう言っていました」

「それなら、この原稿の中に書いてある、金銅合金の小壺《こつぼ》やナンウェイ中尉の事件の調書、中国人和尚が翻訳してくれた原稿は？　探してみたかね」

「ええ。でもね、見つからないんです。うん、ひとつお知らせできることは、ターモエ墓地のマヌサーリーという小さな墓碑のことですがね、私も墓地に行ってみたんですが、確かにありましたよ。マヌサーリーと彫りつけた平たい墓碑も、近所の子どもたちが壊してしまって一部はもう欠けてしまっていましたけどね」

ウー・アウントゥンの書いたこの「マヌサーリー」の原稿のファイルにかこつけて、さらに二人でずいぶん長いこと話しこんだ後、少尉は帰っていった。

当初、私は必要なところは手を加えようと、この原稿を初めから終わりまでじっくりと二度読んでみた。しかし、その散文体の書きぶり、話の流れ、語句の選び方、どこにも味わいを損なうような箇所は見あたらなかった。それどころか、この「マヌサーリー」という話は、古道具屋の店主ウー・アウントゥンという男が実際にこうしたことを体験してきたのだ、と私も思わざるをえないような箇所が数か所あった。それで私は一字一句の修正も加えず、一刻も早く読者の手にお届けしようと、この原稿をサンミン出版*に送ったのだった。

読者のみなさんに敬意を表しつつ

ミンテインカ

訳注

その一　ヤダナーギーリに行った宮廷工芸家の贈り物
　　　　または必要上書かれた筆者の前置き

＊1　ヤダナーギーリとはインド、ボンベイ近郊にある町。一八八六年、第三次英緬《えいめん》戦争の敗北によりミャンマーはイギリスの植民地となり、ビルマ王朝最後の王、ティーボー王は捕らえられて王妃や王族と共にヤダナーギーリに送られ、死ぬまで幽閉された。

＊2　ヤンゴンのダウンタウンの北側、カンドージー湖そばの中流住宅地。

＊3　ミャンマーではコンデンス・ミルク入りの紅茶が好まれている。これは家庭でいれるものではなく、喫茶店で飲むか買ってくるかする。

＊4　ビルマ王朝には二十二名の銅器工芸官を始め、金銀細工その他の美術・工芸専門家たちが召し抱えられていた。

＊5　数種の香辛料と共にくだいたビンロウジュの実をキンマの葉で包んでかむ嗜好品《しこうひん》。南アジアから太平洋地域まで広く見られる。

＊6　チャットはミャンマーの貨幣単位。この物価を見ると、このエピソードは独立から間もない一九五十年代を想定しているようである。

＊7　ミャンマー南東部の主要都市。

＊8　バモーはミャンマー北部カチン州の都市、マウービンはヤンゴンの西方、エーヤーワディー・デルタにある都市、インセインはヤンゴンの周辺都市。

＊9　原文は「潜ったら水底の砂にさわるまで」。本来この言葉の後に「登り棒競争ではてっぺんに至るまで」という表現が続く。

＊10　ヤンゴンにある名門の男子高校。現ボータタウン第一高校。一九六二年の社会主義政権誕生以降、すべての学校名は地区名と番号の組み合わせに変更された。
＊11　マウンは年若い男性の名につける敬称。
＊12　強力な鎮痛・解熱剤アンバサリンの略称らしい。
＊13　メイミョウはミャンマー中央部にある高原の町。
＊14　ミャンマー人は旅行のとき、泊まり先に寝具の心配をかけぬよう、よくこうした寝具セットを持参する。
＊15　植民地時代に使われていた貨幣単位。八分の一チャット。
＊16　ドーは成人女性の名につける敬称。
＊17　ミャンマーが植民地化された後、英領インドから多くのインド人移民が入植してきた。その中で金貸し業に従事した者はミャンマー人の生活を圧迫するほどの力を得た。
＊18　コウは自分と同等か目下の男性の名に、多くは親しみをこめてつける敬称。
＊19　ダマタッとは特にビルマ族の間に伝わる慣習法を書き伝えた書物。数々の異本があるが、十八世紀中期に編纂《へんさん》されたマヌジェー・ダマタッは特に有名。シュエミン・ダマタッは十七世紀前半に書かれたもの。
＊20　貝葉《ばいよう》とは古来インドや近隣諸国で文書を彫りつけるため使われた、切りそろえた椰子《やし》の葉。
＊21　ビルマ族が南下してくる以前からミャンマーの地にいた、ピュー族の文化が栄えていた時代。およそ七～十一世紀。
＊22　ヤンゴン、ダウンタウンの北側、ターモエ地区にある墓地。一九九七年、宅地造成に伴い郊外のイェーウェーに移転。
＊23　バー通りとはヤンゴン中心部にある通りで、法律事務所が多い。スチュワート拘置所は植民地時代の名称で、ミャンマー名はミョウマ拘置所。

その二　ナンウェイ中尉と切断手首の不思議

＊1　数十年前に醸造されていたミャンマー産ブランデー。
＊2　一七五二年にコンバウン王朝こと第三次ミャンマー王朝を開いた王。
＊3　タウングー王朝こと第二次ミャンマー王朝（一四八六～一八五二年）を築いたバインナウン王の孫。ビエンチャン攻略の戦いで活躍。
＊4　仏陀《ぶっだ》の前世、五四七の物語中、最後の十話である十大ジャータカの一話に現れる。名裁判官の大臣で、人の心の中を見通すのに長《た》けていた。
＊5　ヒンドゥー教の主要な女神。富と豊饒《ほうじょう》をつかさどる。中国経由で日本には吉祥天女《きっしょうてんにょ》の名で伝わっている。
＊6　ウーは成人男性の名につける敬称。
＊7　ミャンマーの喫茶店では水ではなく、番茶が無料サービスになっている。
＊8　チンロンはミャンマー伝統のスポーツ。籐《とう》を編んだボール、チンロンを使って行う蹴鞠《けまり》。昔は円陣で行なったが、近代はセパタクローのように中央にネットを張って二チームに分かれて行う。
＊9　かつてはインディアン・マーケットとも呼ばれた、ヤンゴン中心部にある市場。一九九〇年代にショッピング・センター・ビルに改築された。
＊10　ヤンゴンの北西四〇キロほどのところにある町。
＊11　一九一〇年に創刊され、休刊を経ながらも今日まで刊行されている主要新聞。
＊12　ヤンゴンのダウンタウン北側の丘の上にそびえるパゴダ。ミャンマー最大の面積を誇るパゴダで、仏陀《ぶっだ》の聖髪が祀《まつ》られているとされ、二五〇〇年の歴史を有する。
＊13　在家仏教徒のための日々の教訓を集めた書。
＊14　本書の作者ミンテインカが主催する団体。
＊15　チャウセーの東方に広がるシャン高原にある町。

＊16　ビルマ石油会社の略。植民地時代に設立されたイギリス資本の大企業。
＊17　原文は「涙するより笑いの力はなお強し」。
＊18　もとヤンゴンのダウンタウン、シュエボンダー通りの近くにあった、主にインド人が乳製品を売った小市場のある通り。
＊19　ヒンドゥー教の女神のひとり。恐ろしい容貌《ようぼう》をしているが、悪の軍団を滅ぼす女神でもある。インド、ベンガル州では特に信仰を集めている。

その三　大学生チョーカイン

＊1　この逸話はミャンマー、特にビルマ族の建国神話に出てくる有名な話。
＊2　ミャンマー王朝末期、十九世紀後半に君臨していた王。
＊3　十四世紀半ばから十六世紀半ばまでミャンマー中央部の町、インワを中心に栄えたシャン族王朝の開祖。
＊4　十五世紀初頭から二十年余りの間に、シャン族宮廷の内紛のためめまぐるしく交代した五人の王の后《きさき》となったことで知られる。
＊5　サクがサク・ビャッという良質の米の産地だったことから、もともと「米ならサク・ビャッ、女房にするなら出戻り女」とよく言われていたのが、「米」と「髪」の発音がミャンマー語では同じことからこのような言い回しが派生してきたようである。
＊6　百分の一チャット。
＊7　ミャンマー語でシュエピーゾウと呼ばれる、美しい声でなく小鳥。
＊8　コウ・ボウンゴウもバイオリン・マウン・ハンウィンも第二次世界大戦直前、英領植民地末期に活躍した流行歌手。実際は、それぞれバイオリン・ボウンゴウ、マウン・ハンウィンと呼ばれた。バイオリンはピアノやマンドリ

ンなどと並び、二十世紀前半からミャンマーの流行歌に取り入れられた楽器でもある。

＊9　ミャンマー中央部の乾燥地帯をこう呼ぶ。またヤンゴンを含むアンダマン海に面した広大なデルタ地帯を下ビルマという。

＊10　以上を四天王と呼び、仏教宇宙観の中心にある須弥山《しゅみせん》の四方の方角を守っている。

＊11　原文は「オオトカゲが出てきて蟻塚《ありづか》があることを知る」

＊12　マンダレーもシュエダウンも絹織物の産地。なお、植民地時代に男性は民族衣装の上着、タイポン・エンジーの下には襟なしのワイシャツを着る風習が広まった。

＊13　ヤンゴン大学キャンパスのすぐそばにある湖。

＊14　ヤンゴン最大の精神病院。

その四　私と金銅合金の小壺《こつぼ》

＊1　三蔵のひとつ、論蔵に出ている七阿毘曇論《あびどんろん》の中の最後の教え。

＊2　ヤンゴン市内、西側の区域。

＊3　シュエダゴン・パゴダのそばにある地区。

＊4　ミャンマーでは道行く人のために、よく家の前に飲料水を入れた素焼きの水壺《みずつぼ》を用意する。

＊5　シュエダゴン・パゴダの北西側にある商店街。

＊6　ヤンゴン市の北側にある地区。

その五　マヌサーリーのマヌサーリー

＊1　律・経・論蔵の三種の仏教教典。

＊2　ミャンマーで古くからこの世の平和を象徴する神。元々は大乗仏教での弥勒菩薩《みろくぼさつ》のイメージがモデルになったと言われている。

＊3　四大洲の統治者。四大洲とは仏教の精神世界観に現れる、大海にそびえる須弥山《しゅみせん》を囲む東西南北四つの島。即ち東勝神《とうしょうしん》洲、西牛貨《さいごけ》洲、南贍部《なんせんぶ》洲、北倶盧《ほっくる》洲。南贍部洲は人間が住む島。

＊4　ミャンマー人は生年月日と共に生まれ曜日を大切にしている。それと相まって生まれ曜日占いも発達しており、各曜日には固有の文字、数字、方角、動物などが決められている。日曜日の文字はミャンマー文字のア行とされ、マルメロはミャンマー語でオウシッといい、ア行の文字で始まる言葉。

＊5　ミャンマーの古典文献にはこうした宝石二十四種の一覧が見られるが、近代西洋科学に基づく鉱物・宝石の分類方法とは相当に違うようである。

＊6　甘露の意。仏の教えを象徴するもの。アマタという言葉はヒンドゥー神話のアムリタとも関連。これはもともとヴェーダにある神々の飲料、ソーマの汁を指し、甘く香気があり、飲むと不死身になるという。

その六　私とマヌサーリー

＊1　英領植民地期末期、一九三十年代に活躍した作家。歴史小説を得意とした。

＊2　マは若い女性の名につける敬称。年齢にこだわらず、身内の女性に親しみをこめてつけることも多い。

＊3　ボウボウジーはボウボウアウンとも呼ばれ、ビルマ王朝時代、十八世紀後半から十九世紀初頭に実在したとされる超能力者。シュエダゴン・パゴダにはその祠《ほこら》があり、人々の信心を集めている。

＊4　仏教に従属するとしつつ、ミャンマーではナッと総称される精霊への信仰も行われている。国土の中央部にあるポパ山はその霊山。

＊5　縁起が良いとされるマサキのような葉。

＊6　ヤウェー・シントウェーは十六世紀後半から十七世紀前半まで第二次ビルマ王朝に仕えた。女官だったが、後に歌人として頭角を現した。アンジンとはミャンマー古歌の一形式で、元来、国王の御座船の漕《こ》ぎ手たちが歌った。

＊7　ゴードン・ハニングトン・ルース（一八八九〜一九七九）。二十世紀前半、長年ヤンゴン大学英文科の教授を努める一方ミャンマー文化・歴史研究に新境地を開いたイギリス人学者。

＊8　オンマーダンディーとは、仏陀《ぶっだ》の五四七の前世物語であるジャータカに登場する絶世の美女で、一目見て国王も彼女のとりこになった。ピョは仏教叙事詩といわれ、ミャンマー古歌の一形式。オンマーダンディーを歌った詩は古来より何編か残されているが、この詩は十九世紀中期に宮廷詩人ウー・シュンが詠んだ作品の一部。

＊9　金翅鳥《きんしちょう》は想像上の人面の鳥。男女の仲がよく、一晩離れただけで再会すると七百年間抱き合って泣き続けたという。

＊10　インワ時代の僧侶《そうりょ》歌人マハーラッタターラ僧正が、ヤカイン地方に旅したときに詠んだといわれる有名な歌の一節。

＊11　ヤドゥはミャンマー古歌の一形式。季節詩、叙情詩とも呼ばれ、比較的短い。

＊12　ヘンリー・ライダー・ハガード卿《きょう》（一八五六〜一九二五）。ビクトリア朝のイギリスで活躍した小説家。『洞窟《どうくつ》の女王』は一八八六年の作品で、十九世紀末から一九八十年代までの間にたびたび映画化されている。

＊13　ミャンマー独特の緑茶の漬け物。ピーナツ、胡麻《ごま》、干しエビ、唐辛子、トマトなどを混ぜて、お茶請けにする。

＊14　十九世紀後半、カナウン王子やミンニー王子は、ビルマ王国がフランスやイギリス勢力の支配下に置かれるのを危惧《きぐ》して、軍備増強などを訴えるが宮廷内の政敵に暗殺された。

＊15　イギリスからの独立を翌年に控えた一九四七年、アウンサン将軍とその側近は政敵により殺害された。

＊16　上座部仏教では女性は僧侶《そうりょ》にはなれず、解脱《げだつ》もできないとされているが、修道女として仏教教理を学ぶことは可

能である。

＊17　カンドー王寺僧正は十五世紀から十六世紀にかけて仏事、俗事の教えを多く書き残した。

＊18　二十世紀前半に活躍した僧侶作家。

＊19　十四世紀半ばから十六世紀半ばまでミャンマー中央部の町インワを中心に栄えた王朝。シャン族の王朝だったがビルマ族の文化を取り入れ、文学も発展した。

＊20　ミャンマー暦第九番目の月。太陽暦の十一月から十二月あたりの一か月。

＊21　ミャンマー女性は顔や身体に化粧用・薬用のため、タナッカーという薬木の幹から得たおろし汁を塗る。タナッカーをすりおろすための円形の石の硯《すずり》をこう呼ぶ。

その七　　不思議な原稿の終章

＊　一九七六年に本書の初版を出版したヤンゴンの会社。

ミャンマー型幻想空間への誘い――ミンテインカ、人と作品

高橋ゆり

『マヌサーリー』は現代ミャンマーで高い人気を誇るミンテインカの代表作であり、本翻訳はこの作家の作品を初めて海外に紹介するものである。

この物語には、今日のミャンマーを作り上げてきた文化のエッセンスがちりばめられている。仏教受容の歴史と共に発展し、興亡を繰り返した王朝。仏教と融合しあい、また距離を取りつつ醸成されてきた土俗信仰。そして、英領植民地時代以降、新たに生まれた文化的交錯が万華鏡のように展開されていく。英領インドの一部として統治されたため、大挙移民してきたインド系諸民族の人々との交流。中国系移民の寺院や阿片窟。西洋型の新しい価値観やライフスタイル。そんな日常生活の中から突如姿を現したのが、至上の美と学識を兼ね備えた古代の乙女マヌサーリーである。

読者をこの乙女の謎へと誘う主人公アウントゥンは、多くのミャンマー人読者と同じ仏教徒であり、西洋式学校教育による常識を身につけた近代的ミャンマー人のひとりである。ただ、一般の人々よりはほんの少し自由人であり、ほんの少し好奇心が強かったがために超自然的世界の迷路に迷いこんでいくことになる。そして、マヌサーリーとはこの世の平和を守りながら、涅槃に至る道をめざしている超能力者であること、また不当な理由で離ればなれになった恋人との再会を悲願している身の上であることも知る。

ミンテインカは作家として有名なだけでなく、占星術師、超能力研究家・実践家としても知られている。こうした彼独自の知識をふまえた発想が、過去と現在、現実と幻想を自由に行き来するこの作品を生み出したのだと言えよう。ちなみに、ミンテインカの本名もアウントゥンという。

ミンテインカのおいたち

ミンテインカ、本名アウントゥンは一九三九年六月二五日、ヤンゴン市チャウミャウン地区で画家の父サンシェイン、母ティンの間に六人兄弟の長男として生まれた。小学校から英語による教育を行うカソリック系のセント・ポール男子校に学び、高校は英語・ミャンマー語半々教育のチャウミャウン高校に進学した。読書好きで、超自然現象いわゆるオカルトにも関心を持ち、高校の頃からいくつかのペンネームで文芸作品を書くようになった。

十年生（ミャンマーでの高校最高学年）の卒業試験には受からずそのまま中退、駅の職員を二年した後、十九歳のときに国軍に入隊した。五年間勤務して伍長にまで昇進したが、軍律に馴染めず除隊して上ビルマ（ミャンマー中央部）のチャウ市に移り、食用油工場の夜警、露天商、米穀仲買人などの職業に就いた。六十年代後半、ビルマ共産党やカレン族ゲリラとの内戦が激しかった時代、政府の和平協定の不徹底を批判するデモに参加して逮捕され、六年間獄中生活を送った。

獄中では雑誌は読むことが許されていたので、多読しながら小説の技法を幅広く学び、以前、仕事の傍ら学んでいた占星術の知識にも一層の磨きをかけた。出所後の七六年、三七歳のとき、シャン州タウンジー市の大道で占い師を開業、同時にこの年からミンテインカ（王の頭上すなわち王冠という意味）というペンネームを使い始めた。同年、初の単行本、白魔術の修行者たちがあがめる女神の名前を冠した『マヌサーリー』を出版、またフニンマウン警視シリーズの一作品「ユダヤ人手品師殺人事件」も雑誌に掲載されるが、すぐにはこれらの作品に対する目立った反響はなかった。

七八年にヤンゴンに戻るとまたたく間にトップ・クラスの占星術師となり、占星術師協会エイカンタ・ビャーガラナ会を主宰するようになった。探偵小説作家としても次第に知名度を得てきた八五年、

『マヌサーリー』の第二版が出版されると、ミンテインカ本人の言によれば「信じられないほどの」大成功をおさめた。さらに八十年代の作品でストリート・チルドレンの少年、バコンの人生への挑戦を描いた『ブラーマン・バコン』、超能力を持つ青年の冒険『土星の男マウンマウン』も好評を博した。人気のフニンマウン警視シリーズも『フニンマウン警視と三匹の熊蜂』『フニンマウン警視と死人は墓場へ向かう』『フニンマウン警視とバミョウ、ポウトゥー、ぎっちょのバマン』『フニンマウン警視と蜜蜂の群がる白ひげを持つ男』を始め、十五冊の単行本を出版した。

八八年、ビルマ式社会主義体制が瓦解し、民主化の声がミャンマー全土にこだまするが、軍事クーデターにより民主化運動は押さえ込まれ、現在に至るまで同国は政治的、経済的に種々の問題を抱えている。八八年に反政府演説を行ったためミンテインカは再度逮捕され、懲役二十年の刑に処せられる。恩赦により三年で釈放されると、幻想小説『ルビーの雨』及び『密林の旅人』、人間性を観察した小咄集『・・・のような短編集』、超自然現象と占いの手法を紹介した『神通力の贈り物』（第一巻と二巻あり）などを矢継ぎ早に発表した。二〇〇三年現在、出版した単行本は五十冊あまりを数える。

なお、ミンテインカは二度結婚している。初めはチャウ市で家が飲食店を営む中国系の女性と、二度目はヤンゴンに戻ってきてから出会った仕立屋の女性と。しかし、彼の二度の獄中生活の間に二人の妻はそれぞれ新しい男性との生活に入っていった。ミンテインカとしては、もう結婚のことは考えず、残りの人生は超能力修行に専心したいという。

ミャンマーの大衆に選ばれた作家

私（高橋ゆり）がミンテインカの名を耳にしてから、実際にその作品を読んでみるまで実に十年近い歳月がたっている。その理由は、彼がそれほどにまでにミャンマー人に愛されている作家だとはにわかに信じがたかったことが大きい。

言葉の異なる国の文学・出版事情の全貌をつかむのは容易ではない。しかし、近年のミャンマー文芸の動きに関心があった私は、たびたびこの国の識者（主に大学・官公庁関係者、一部の作家）に現在、注目すべき作家は誰かと尋ねてみた。ミンテインカの名を挙げる者は誰もいなかった。ミャンマー政府が毎年発表する国民文学賞の受賞者にもその名は見あたらなかった。おまけに、私に繰り返し彼が有名な作家であると言っていた友人たちは占星術の弟子でもあったので、これは客観性を欠いた見方に違いないと思いこんでいた。

一九九一年十一月、その年から三年間ミャンマーに居住した私は、あるパゴダ祭りの場で初めてミンテインカと出会った。簡単に挨拶を交わしただけだったが、白いスモックのような上着を着て、長い髪とあごひげの顔に優しそうな目が光っていた。今思うと、出獄して間もない頃だったのだろう。人々の尊敬を一身に集めている占星術師だということは理解できたが、まだ高名な作家だとは実感がわかなかった。

九五年の後半、縁あって私はミャンマーの人気小説・作家を探る調査を実施した。ミャンマーの人気小説はおおよそ貸本屋での貸し出し回数で決まる。厳しい経済状態に加え、首都中心部でも頻繁に停電が起こり、公共交通機関も充実しているとは言い難いこの国において、貸本屋で本や雑誌を借りて読むことは、最も一般的な庶民の娯楽である。ヤンゴンの貸本屋二十軒あまりを調査した結果、突出した二人の作家の名が浮かび上がってきた。ひとりは三十代後半の若手女流作家ジューー。フランス文学的感覚でミャンマーの恋人たちのあり方を描いた作品が特徴的で、その名は前から大学関係者などからよく聞いていた。そして、もうひとりがミンテインカであった。特にその年の二月に『マヌサーリー』の第三版が出版され、何軒もの店で同書は人気ナンバーワンにランクされていた。『ルビーの雨』『密林の旅人』はもちろんこと、『ブラーマン・バコン』も相変わらずよく読まれていた。

こうした人気の理由として、貸本屋関係者たちは異口同音に、探偵小説調の巧みなストーリー構成、空想冒険小説的面白さ、哲学的奥深さ、そして現代の読者の好みに合っている点を挙げた。そこで私も初めてこれらの作品のページを開き、読み出したらやめられない良質の娯楽性、しかもミャンマー伝統の知恵と知識に満ちた作風に接し、ミンテインカはミャンマーの大衆に選ばれ、愛されている作家であることを知ったのだった。

今度は私のほうからミャンマーの人々に、ミンテインカの作品は好きかと尋ねてみると、なるほど多数の支持の声が返ってきた。『ブラーマン・バコン』などは多くの青少年を勇気づけ、希望を与えた作品であることも耳にした。ただ、ある政府高官は「ミンテインカの小説は、何と言っても面白いからもちろん読んでいるよ。でも、彼は反政府活動歴があるから国民文学賞は取れないね。」と発言した。また、一部にはミンテインカの文学への積極的評価にとまどいが、つまるところ「純文学」ではないと言いたそうな反応もあった。どうもこのあたりが外国に向かって積極的にミンテインカを推薦するのをためらわせてきたものらしい。

ミャンマー語近代文学は、植民地時代、公用語だった英語に対抗しながら、さまざまな保存と改革の試みを重ねつつ発展してきた。また、国家独立の理念が社会主義思想に支えられてきた関係もあり、この国には社会主義的リアリズム小説を純文学として重視する風潮が長らくある。国民文学賞の受賞作品もそうした傾向の作品が多く、ミンテインカの作品のような幻想小説はその点でも審査の対象には馴染まないようである。

九六年、私はミンテインカの自宅を訪ね、初めて彼とその文学について語り合う機会を得た。話をしながら穏やかな、しかし意志の強そうな人柄が感じられた。また、敷地内の一角には占星術教室が開講されており、何十人もの受講者でひしめいていた。前年に彼は来る九七年から三年間は超能力修行に専念するため休筆すると宣言しており、訪ねたときは、そのためさまざまなことを整理、準備中だと言った。その翌年、宣言通り彼はシャン州の山野にこもって瞑想生活を送るようになった。

二〇〇〇年後半、五年ぶりにまた私は三十軒近い貸本屋を対象にミャンマーの文芸・出版界の動向調査をした。ジューの人気はほぼ不動だったが、ほとんどの店からミンテインカの名前が消えていた。これについて、結果分析に協力してくれたミャンマー国立図書館側から即座に「ミンテインカの人気が落ちるわけはない。休筆宣言後、彼の本は政府から発禁扱いにされ、増刷ができないので品薄になっているだけだ。これまでにも彼の本が一時的に発禁扱いになることはあった」という答えが返ってきた。この出版差し止めの理由は不明である。ミャンマーの現代文学事情を語るとき、検閲制度のことも考慮に入れねばならない。出版物は印刷前に検閲局による内容のチェックを受ける。特に警戒されるのは反政府的表現であるが、国内の緊張度により検閲基準は微妙に変わり、時には暗喩はおろか、政府批判を想起させると一方的に見なされた表現も削られる。

瞑想修行を終えたミンテインカは、ヤンゴンの北方五十キロにあるフモービーの農場で暮らすようになった。そして、二〇〇一年五月、ついに作品への発禁措置が解除された。政府との和解が進んだのであろう、パスポート取得も認められ、二〇〇二年にミンテインカは生まれて初めての海外旅行でインドに旅した。数週間かけて聖地を巡礼し、同年再度インドに足を運び、二〇〇三年にはチベットへも旅行した。また二〇〇二年には有名男優チョートゥーを主人公に『ブラーマン・バコン』が映画化された。それまで一部の作品が映画やビデオ、朗読テープになったことはあると聞いたが、これほど大々的に制作、上映されたものは初めてである。同年末の封切り以来、映画館は翌年も大入りを続けていた。また、さらに『マヌサーリー』の映画化も計画されているという。

現在のミンテインカは占星術、オカルトなど四種の雑誌の編集発行に携わり、執筆に忙しい毎日を送っている。今後どのように文学世界を発展させていくのか、まだまだ目が離せない作家である。

幻想世界の源流を探る

超現実の世界がふんだんに描かれるミンテインカの作品は、どのような思想的経緯の中から生まれてきたのか。ひとつ言えることは、それは近代ミャンマーの歴史と文学を濃密に吸収して醸成されてきた文学だということである。

ミンテインカ文学の原点は、恐らく小・中学校をミッション・スクールで過ごした彼自身の体験にあるだろう。彼が学んだ一九四〇年代、五〇年代といえば独立（一九四八年）という国家の大変革をはさむ政治的激動期であったが、ミッション・スクールのカリキュラムは一九六二年以降、社会主義政権に国有化されるまでは植民地時代と変わるところはなかった。それはミャンマー社会に浮かぶ小ヨーロッパ社会に等しく、欧米文学のことは教えても、ミャンマー文学についてはは触れることもなかった。

少年ミンテインカはこうした学校教育を通じて西洋的知識や思考方式を身につけながら、次第に学校の塀の外にはそれとは異質なミャンマー文化の広大な闇が広がっていることを意識していったのではないか。それに対する恐れと好奇心、少年の心を高ぶらせる冒険心などが彼の心に湧き起こっていったのではないか。高校時代にはすでに文学とオカルトに目覚めていたという彼の言葉は、西洋的教育を受けることによって、ミャンマーという自らの国を謎に満ちた世界と意識するようになった心情の反映とも取れる。『マヌサーリー』において、大学教育まで受け、合理的精神をも兼ね備えたアウントゥンがミャンマー文化の謎解きにはまりこんでいく姿は、ミンテインカ本人の姿でもある。

十九世紀後半のイギリスでは近代科学への絶対的信頼の一方、神秘主義が人々の心を惹きつけた。帝国主義的植民地政策を通じ、身近に浮かび上がってきたアフリカやアジアの異質な文化への好奇心、エキゾチズムもその風潮に合い混じっていた。また、『ソロモン王の洞窟』『洞窟の女王』など、ヘンリー・ライダー・ハガード卿の作品に典型的な、少年に未知の大陸への冒険心、征服欲を喚起させるかのような幻想冒険小説も人気を博した。こうしたビクトリア朝大衆小説は、ミャンマー近代文学にも重要な影響を与えたと考えられる。たとえば二〇世紀前半、シュエウーダウンはライダー・ハガードの幻想冒険小説やアーサー・コナン・ドイルのシャーロック・ホームズ・シリーズを元に、舞台をミャンマーに置き換えた翻案小説を多数発表して、ミャンマー語文学に新風を吹き込んだ。

ミンテインカは自分が読み、影響を受けた書物はほとんどミャンマー語文献だと言ったが、特にシュエウーダウンの作品を愛読し、その文体を真似していると言われると嬉しくなるほどだと語った。ミンテインカがシュエウーダウンから受け継いだものは、文章作法だけではなく、探偵小説の技巧や幻想冒険小説の発想もあることは明らかである。しかし、イギリスの幻想冒険小説とミンテインカの作品の大きな違いは、イギリス人は母国を離れて暗黒大陸の探検に乗り出すのだが、ミンテインカの探検は母国ミャンマーで始まり、その文化の闇の奥深くへ分け入りながら民族的アイデンティティを確認していく点にある。

ミンテインカ文学に現れるオカルト的要素の多くは、ミンテインカ自身が、自分たち民族の知恵、と呼ぶものとかかわっている。すなわちミャンマー伝統の手相、占星術、厄除け祈願法、各種の呪文や絵文字、錬金術、精霊信仰、白魔術、黒魔術、そして超能力者に関する知識などである。ミンテインカは、現代ミャンマーでオカルト研究にたずさわる者の中で、自分は最も研鑽を積んだ五人のひとりに入ると言い、さらに自分が占いで成功したのはその知識のゆえでなく、まごころのゆえだろうとも語った。

『マヌサーリー』に結実している重要な要素は、ミンテインカの読者とこの世に対する「まごころ」である。それは仏教思想に行き着くものであり、そこに源を発する倫理観、正義感とも言えよう。マヌサーリーが王国のために法典「マヌジェー・ダマタッ」を献納するエピソードは重要である。それは古代インドの法典ダルマ・シャーストラの影響を受け、長い年月の間に練り上げられてきたミャンマー王道思想の理想を示す書でもあったからである。アウントゥンと中国人和尚があわや逮捕されそうになった場面、マヌサーリーが「マヌジェー・ダマタッ」の不当な解釈により手首切断の刑に処せられた場面などには、法の悪用に対するミンテインカの強烈な批判が認められる。それは、『マヌサーリー』が出版される少し前まで六年間、獄中に過ごした彼の体験に根ざすところも大きいだろう。

そして、ミンテインカがミャンマー文化の闇の中を何年も彷徨した結果たどり着いたひとつの理想の姿がマヌサーリーだったと言えよう。それは、仏教を奉じつつ超能力を得て、この世を抜け出て平和で自由な世界、涅槃に至ると言われる、ミャンマーの聖人的超能力者、ウェイザーの姿である。現在、ミンテインカ自身が実践している超能力修行というのも、このウェイザーをめざしたものである。最初の長編小説『マヌサーリー』には、作品としてはまだ荒削りな部分はあっても、その後の彼の作品にも現れる以上のようなさまざまなモチーフが提示されている。

なお、ミンテインカの作品の多くは植民地時代か、植民地時代の残滓が色濃く残る一九五〇年代あたりに設定されていることが多い。これには、現代に設定して政府と色々な摩擦が起こるのを避ける意図もあるだろう。しかしながら、伝統文化と外来文化の共棲する近代ミャンマーの都市風景こそ、新たなミステリーと幻想のストーリーを始めるにふさわしいとミンテインカは考えたのだろう。確かに、ヤンゴン港沿いにはイギリス式の赤レンガのビルが建ち並び、その背後の丘には巨大な黄金のシユエダゴン・パゴダがそびえている、という植民地時代に出現した景観は一種異様なものではないか。彼の作品は、この国の近代文化の性格を、庶民感覚で取り組み、咀嚼し、理解しようとした貴重な試みとも言えそうである。

警鐘は聞こえるか

ミャンマーでは文芸出版の市場規模が日本よりは小さいため、他に職業を持っている作家が多い。なぜか医者との兼業が多いが、ミンテインカのように占星術師との兼業はやはり希である。しかしながら、どちらも心なり身体なりに病を抱える者と接し、そこから人間性を観察し、社会の姿を見直す機会が多いという点では大いに共通している。そして、問題ある者に手助けを与えるという点でも。

ミンテインカは文学を書く目的について次のように語った。

「大人には胸の内の悩み、苦しみ、すなわち『執着』から開放されて自由な心が得られるように。青少年には人生に積極的に立ち向かっていく勇気が得られるように」

不安定な要素を多々抱えたミャンマー社会では、ミンテインカの作品は癒しの文学であり、励ましの文学である。それゆえに大衆に愛されているのだと言えよう。そして『マヌサーリー』に顕著なように、狭い民族的ステレオタイプ観にとらわれないミンテインカの暖かみは国境・人種の壁を越え、広く現代人にメッセージを送る文学としても成功している。いやメッセージではない。警鐘と言うべきかもしれない。『マヌサーリー』の物語は読者に多くの謎を投げかけながら終わっている。現代の我々は知識はますます豊富になり、科学技術の発展は留まるところを知らない。しかし、地球上の平和が実現できないのは何が欠けているからなのか。未来のいつか、世界のどこかでマヌサーリーがアティトラー王子と再会できるまでは、この世の平和は当分訪れないのだろうか。

訳者あとがき

　ミンテインカの自由奔放な世界は、しがらみの中で生きるあらゆる読者に元気を与えてくれるのでは、そして、もし初めて海外の読者に紹介するならその一作目は、氏自身の関心や疑問が凝縮された『マヌサーリー』が適当ではないか、と考えたのは五年ほど前のことです。でも、すぐにはその縁は訪れず、肝心の氏の作品はすべて発禁措置の対象になり、そんなときに外国人と交渉して海外で出版などという話は、氏に多大な迷惑がかかることになりかねず、いつかの機会を待つしかありませんでした。

　本年（二〇〇三年）の初頭、氏とミャンマー政府との関係が十分に修復されたという情報をキャッチ、是非この本を世界に先駆けて日本の読者に紹介したいと思って、翻訳を始めました。そして、その完成のためには多くの方のご協力をあおぐことになりました。

『マヌサーリー』の物語のキーポイントであるミャンマー伝統法の理解、訳語などについては、恩師の東京外国語大学名誉教授、奥平龍二先生から有益なご教示を頂きました。また、原書に多く含まれているパーリ語、パーリ語風造語の解釈については北九州市、世界平和パゴダのケミンダ僧正から適切な助言を頂きました。

　シドニー在住の私にとって、当地ミャンマー語FM放送プロデューサー、タウンティン氏と夫人のキンサンイーさん、当地在住のミャンマー人作家ミンタン氏からは辞書にない表現の解釈などでたびたびお世話になりました。インド文化史の理解には、シドニー大学歴史学科ジム・マセロス助教授の大きな助けがあったことを記します。私の日本語の表現については、シドニー工科大学の尾辻恵美講師、英語翻訳家・通訳の米田純子さん、シドニー大学日本語コースの同僚、大塚節生講師からの意見がとても参考になりました。

ミャンマー側では、ミンテインカ氏の秘書役として連絡の労を取ってくれた友人の占星術家夫妻、コウコウセイン氏とキンサンミン女史にまず感謝の意を表します。資料収集では、ミャンマー文化省のキンマウンティン顧問とミンチャイン文化館局副局長、スィースィーウィン元ヤンゴン大学ビルマ語科教授（及び元東京外国語大学客員教授）、ミャンマー宝石公社のネーウィン氏、友人のゾーモー、フラフラウィン夫妻の協力を得ました。

私のミャンマー文学研究に変わらぬ励ましを下さる東京外国語大学の斉藤照子教授と同大学アジア・アフリカ言語文化研究所の根本敬助教授、同大学在学中、翻訳の楽しさを教えて下さった土橋泰子元講師、並びに解説を書く上で大変参考になった『ビルマのウェイザー信仰』（勁草書房、二〇〇〇年）の著者、同大学の土佐（堀田）桂子教授にも感謝しております。

外国人の居住がまだ難しかった時代にミャンマー居住の機会を与えてくださり、ミンテインカ氏との初めての対面の機会を作ってくれた日本外務省にも感謝いたします。

日本の家族と、いつも身近に励ましてくれた夫マイクにも謝意を表したいと思います。

そして、ミンテインカの作品にご理解くださり、翻訳・出版助成を決定してくださったトヨタ財団に感謝申し上げると共に、この個性ある世界が読者の手元に届くよう、熱心にアイデアを出してくださった、てらいんくのお二人に心より御礼申し上げます。

最後に、私に快く翻訳を許可してくださったミンテインカ氏、ミンテインカという作家を私に教えてくれたミャンマー国民のみなさん、ありがとうございます。

訳者　略歴

高橋ゆり（たかはし　ゆり）

ミャンマー語通訳・翻訳者、日本語教育専門家

明治大学政治経済学部、東京外国語大学大学院（ビルマ語専攻）卒業。

1982年に東京でビルマからの来訪者に会ってこの国に興味を抱く。

1991年より3年間、ヤンゴンの日本大使館に勤務。

現在シドニー大学大学院で近代ミャンマーの文化と思想史の研究を行う。

翻訳書：テイッパン・マウン・ワ『変わりゆくのはこの世のことわり
　　　　――マウン・ルーエイ物語』（てらいんく、2001年）

執筆：「現代文学と作家たち」（『アジア読本ビルマ』所収、河出書房新
　　　社、1997年）

マヌサーリー

発行日　二〇〇四年八月十日　初版第一刷発行

著　者　ミンテインカ

訳　者　高橋ゆり

装　画　高橋里季

発行者　佐相美佐枝

発行所　株式会社てらいんく
〒二一五-〇〇〇七　川崎市麻生区向原三-一四-七
ＴＥＬ　〇四四-九五三-一八二八
ＦＡＸ　〇四四-九五九-一八〇三
振替　〇〇二五〇-〇-八五四七二

印刷所　モリモト印刷

ISBN4-925108-00-X C0097